光文社文庫

文庫書下ろし

なぜ、そのウイスキーが謎を招いたのか

三沢陽一

光　文　社

この作品は光文社文庫のために書下ろされました。

目次

コラム・安藤宗貴
レイアウト・延澤 武
イラスト・村本ちひろ

何故、フォア・ローゼズの天使の分け前がなくなったのか？

イチゴを優しく洗って水気を取り、クランベリージュースと共にバーブレンダーでしっかりと攪拌して、ウォッカ、カシスリキュール、レモン果汁と共にシェイカーに入れます。
軽く混ぜて酸味と甘味のバランスを確認し、レモン果汁、シロップを適量足して味を調えます。
氷をシェイカーの8分目まで入れ、しっかりシェイクした後、冷凍庫で冷やしたゴブレットグラスに手早く注ぎます。大粒のイチゴをグラスの縁に飾って召し上がれ。
材料を冷やしておく事で仕上がりが水っぽくなくコクのある味わいにすることができます。

大粒イチゴの
ミックスベリークーラー

材料

ウォッカ30ml
カシスリキュール20ml
クランベリージュース80ml
レモン果汁10ml
シロップ適量
大粒のイチゴ(へたを除く)70g

一言POINT

イチゴは使う2~3日前から常温の日陰で熟成させておきます。

「お待たせしました。こちら、大粒イチゴのミックスベリークーラーです」

坂本の視界に大きなイチゴが飛び込んできた。赤紫の鮮やかな中身よりも、切り込みを入れられ、グラスの縁に引っかかっている大粒のイチゴの方が目立っている。今はイチゴは冬場も出回っているが、本来の旬は春である。最大の見せ場を迎えているだけに、イチゴは誇らしげに存在を主張しているように見えた。

カシスリキュール、クランベリージュース、そしてイチゴをミックスして作られたカクテルは春の鮮烈な色を目に、馨しい香りを坂本の鼻に突きつけ、半ば強引に自分の盛りの時期である春へと連れ出した。坂本は快くそれに応じて、一口含む。

カシスリキュールの度数がそれほど高くないため、このミックスベリークーラーは誰でも飲みやすい。氷やクランベリージュースと潰した生のイチゴを考えると、五パーセントくらいの軽めのカクテルである。坂本は普段からウイスキーや日本酒や焼酎を飲んでいるから、これくらいはジュースの感覚である。酒を飲んできた経験と記憶と知性はそう告げているのだが、坂本の舌だけがその感覚を否定してきた。

確かに軽い。けれども、甘美な中に重ね着したような重厚感がある。しかも、種類の違う甘味が混ざり合いながら、まったく別物の甘さへと変化している。同じレシピを使い、坂本のような素人がシェイカーを振ったとしても化学実験のように同じ結果にはならないだろう。安藤(あんどう)の腕があるからこそ、この幸福を口にできるのだ。

「美味しいですね。何で今まで飲まなかったんだろうなあ」

安藤に感想を伝えるような、自分を恥じるような言葉がふっと零れた。安藤は微笑を広げて、

「坂本さんはお若いのにウイスキーにお詳しいですし、そちらの方をよく飲まれていますからね」

「いえ、そこまで詳しくないですよ」

謙遜の意味もあったが、本音も含まれていた。『シェリー』の客には酒の初心者からマニアまでが混在していて、その中ではまだ四十手前の坂本は若輩である。大粒イチゴのミックスベリークーラーという絶品のカクテルを何となく敬遠していたように、ウイスキーを飲んだ方が恰好がつくという青い背伸びがそれ以外の酒を愛でる目を曇らせている気がしていた。

とはいえ、やはりカクテルよりもウイスキーの方に惹かれるものがある。

「いつかはここにある酒を制覇したいとは思っているんですけどね」

坂本はそう云いながら目の前のウイスキーのボトルや、右手と背後の棚に視線を這わせ

た。『シェリー』に通い始めて八年は経っているが、最近は世界的なウイスキーブームとともに新しいボトルが次々と追加されていて、とてもではないが追いつかない。

「坂本さんならいつか全部飲まれる日が来ると思いますよ。でも、たまにはこういうカクテルもよいのではないでしょうか」

「そうですね。昼間から飲む酒に相応しい健全さですよね。この季節のこの時間から飲むのにちょうどいいです」

　仙台の桜の蕾は、例年だと雪国の寒さでコーティングされたかのように固く、四月に入ってようやく緩み始める。だが、今年の春は梅前線の背後につき纏うようにして、桜前線が北上した。また、開花した直後に春時雨に遭ってしまい、あっという間に枝と葉だけになり、初夏らしい陽気になった。今年の仙台は、もう既に肌寒い中で桜を愛でる時期ではなく、雨に流れた花を思い出す季節になっている。

　しかし、その代わりに県庁前の花時計は今が見頃で、坂本は『シェリー』に来る前に覗いてきたのだが、色取り取りに満開でパンジーやビオラが春の盛りの時を静かに刻んでいた。

　さすがに『シェリー』からは見ることができないが、瞼の裏には残影があって、ビルと人家の間から覗く定禅寺通の緑の中にも華やかさが浮かんでいる。窓際の席から見える路上にも、点々と春らしい小花が咲いており、美しく坂本の目に迫ってきていた。

ただ、そういう風に見えるのは、坂本の記憶の浅瀬に花の記憶があるからだった。いや、正確には花に纏わる出来事である。一人で抱え込むには辛すぎるので、気分を変えようとして『シェリー』に来たのだった。

「何かお持ちしましょうか？」

ミックスベリークーラーの口当たりのよさと新鮮な味が飲欲をそそり、本能が坂本の口と手を支配していた。気づけば、もうグラスの中は溶けかけた氷のみになっている。

「そうですね……フォア・ローゼズをロックで」

坂本はスコッチが並んでいる棚ではなく、バーボンが連なっているところへと目を向けた。その中で、一際、目を惹くボトルがある。四輪の深紅の薔薇が描かれた、フォア・ローゼズである。他のバーボンと同じくトウモロコシとライムギで造られているが、どちらかといえば荒々しいイメージのあるそれらとは違い、ラベルには気品とロマンチックさが滲んでいる。

この特徴的なラベルには有名な逸話があった。フォア・ローゼズの生みの親である、ポール・ジョーンズ・ジュニアがある女性に一目惚れし、プロポーズをする。しかし女性はこう答える、『どうか次の舞踏会までお待ちください。プロポーズをお受けするなら薔薇のコサージュをつけて参ります』。果たして次の舞踏会には女性は四輪の真っ赤な薔薇を胸に、ポール・ジョーンズ・ジュニアの前に現れたのだという。だから、フォア・ローゼズのボトルには四輪の薔薇が描かれているのである。

「坂本さんは昨年もこの時季にフォア・ローゼズをお飲みになられましたね」

後ろの棚の一番前の列にあるボトルを手にした安藤がそう云い、

「そう……でしたかね」

安藤の記憶力はさすがである。どうやら客が飲んだ酒は大抵憶えているらしく、安藤に云われて、こちらがそういえばそうだったな、と思い出すこともしばしばある。ただ、今日、ここでフォア・ローゼズを飲むというのは坂本にとって義務のようなものだった。

坂本が安藤に対して曖昧な返事をしたのには理由があった。今日こそはどうしてもフォア・ローゼズを飲み、あのときに抱えたそれに纏わる一つの疑問を一緒に飲み干したいと思っていたのである。

安藤はあっという間に引き出し式の冷凍庫から丁寧に丸く削られた氷を出して、大き目のグラスに入れた。そして、メジャーカップで量ったワンショットのフォア・ローゼズを別の小さなグラスに注ぎ、

「こちら、フォア・ローゼズ、ロックになります」

「ありがとうございます」

淡いあずき色が漣（さざなみ）を立てている。フォア・ローゼズにはいろいろなタイプがあるが、この最も一般的なイエローラベルでも、最低五年は寝かせているという。その年月と造り

手の辛抱強さが生んだ独特の色合いだ。

一口、含むと、ソフトでフルーティーな香りが坂本の鼻を抜けていく。続いて、蜂蜜とキャラメルの間のようなスムーズな甘さが舌を走る。そして、余韻も長引かない。この滑らかさこそが、フォア・ローゼズの最大の特徴であり、危険なほどに飲みやすい、と云われる由縁である。薔薇のように美しい飲み口だが、すいすいと飲みすぎると二日酔いの棘が体を刺す、名前通りのバーボンだと坂本は改めて思った。

氷の入ったグラスにフォア・ローゼズを流し込み、パキパキという音を楽しむ。これもまたロックの一つの楽しみだな、と思いながら、坂本は目の前に置かれたフォア・ローゼズのボトルを手にして、何気なくラベルの薔薇の部分を撫でた。

「坂本さん、薔薇には何か特別な思い入れがおありなんですか？」

安藤はさりげない微笑を顔に刻んだ。安藤の慧眼は、仕草一つから坂本の気持ちを掬い上げ、探り当てたらしかった。

坂本はその鋭さに舌を巻きながら苦笑して、視線を返した。安藤は自分よりも一回りも二回りも上のはずなのだが、その表情には春の陽射をそのまま貼りつけたような若々しさがある。夜には国分町から吹き流れてくるネオンの燈を顔に滲ませ、柔らかい刃物のような笑顔で泥酔した客や愚痴を零す歓楽街の人間たちを切り分けているが、今はそういうバーテンダーらしさは希薄で、坂本の理解者のような親近感がある。

その雰囲気が、ずっと抱え込んできた事柄を坂本に話させようとしていた。

「薔薇には、いえ、フォア・ローゼズにはちょっとした苦い思い出があって……」

「そうでしたか。それは悪いことを訊いてしまいましたね。申し訳ございません」

「気にしないでください。どうせ、そろそろこの話を誰かに聞いてほしいと思っていたところですから」

「わたしでよければ喜んで拝聴いたします」

「――せんだい農業園芸センターってご存知ですか？」

安藤は視線を坂本から逸らさず、

「存じ上げております。『バラまつり』に一度、伺ったことがございます」

せんだい農業園芸センターは仙台市の東南に位置する区、若林区にある。沿岸部は東日本大震災のときに津波で大きな被害を受けた。巨大な津波が黒茶色の牙で人や建物や車を次々と噛み砕いていったのは記憶に新しい。

もちろん、せんだい農業園芸センターも被害に遭ったが、今は無事に再開し、一年を通して無数の花々が季節を彩っている。中でもバラ園は有名で、昭和二十六年ころから本格的に植栽され、昭和三十年代には日本でも屈指の名所となった。今では千を超える薔薇がその歴史を立証すると同時に、震災のときに亡くなった人々の魂を弔うようにして咲き誇っている。そういう目で見ると、一つ一つの花が亡くなった人々の名残りの炎にも思え、いて……」

バラ園は美しいながらも悲しい鎮魂祭だった。

「僕も昔に行ったことがあるんです、あそこに。それがちょっとした思い出として残って

坂本が中学生の頃だから、恵美子とせんだい農業園芸センターに行ったのはもう二十五年は前のことである。といっても、二人きり、ではない。中学校の職場体験だったか、それとも、社会の授業の一環だったか忘れたが、二十数人の大人数で貸し切りバスで向かったのだった。あの頃はまだ地下鉄の東西線が開通しておらず、せんだい農業園芸センターに最寄りの荒井駅がまだなかった。だから、太白区の真ん中くらいの中学校からのバス移動になったのだが、道中は楽しかったと記憶している。携帯は普及していたが、スマホもタブレットもなかったため、車中では誰が企画したか判らないが、カラオケをしていた気がする。どんな曲たちが流れたか定かには憶えていない。しかし、普段は音大を出たことを鼻にかけている担任がただの三十代のオジさんになったのは可笑しかったし、勉強が趣味なのではないかと坂本が思っていた温順しい女の子が好きな曲がかかった瞬間に本物そっくりにシャウトするのは楽しかった。

中学生や高校生は、大人がいい、というものに対して異論を唱えたがる。胸のどこかに大人と同調するのはカッコ悪いという気持ちが引っかかっていて、それが言葉として出てしまう。薔薇や桜をロクに見ずに馬鹿にする生徒も多いはずだ。ただ、坂本たちは園内の

華やかさに圧倒されて、素直に美しさの虜になっていた。

恵美子も坂本と同じように、園内の花々をうっとりとした表情で見ていた。班が同じだったため一緒に見て回る形になったのだが、爛漫と咲き誇っている花に目を遣るべきか、それを眺めて目を輝かせている恵美子を見るべきか、坂本は迷いながら園内を歩いた。平日とはいえ人気のある場所である。紙屑や花の傷んだ部分や飲食コーナーの花以外の匂いが名所の楽園の装いを剝ぎ取っていた。だが、隣に恵美子がいてくれたお陰で坂本は夢の世界を存分に味わえた。

その一時間近くは、確実に二人は同じものを見て、同じ感想を持ち、同じ春の音を聴いていたはずである。しかし、一周してそろそろ終わり、というときになり、何故か坂本は寂しさを覚えた。花々に群がっていた虫を無慈悲に振り払い、踏み潰した恵美子に、人間には誰しも薔薇と同じく棘があると感じた瞬間だったが、それでさえも一緒に過ごす時間が終わる寂寞さの前では些細なことに過ぎなかった。

班ごとの行動が終わって、こんなに花を見たのは初めて、と恵美子は薔薇の花片によく似た唇で嬉しそうに云い、坂本もわざとぶっきらぼうに、そうだな、と返したが、そのときに二人の運命は交わらないことが決まっていたと思う。花で作られた踏むことのできない道が坂本と恵美子の間にできていて、距離が縮むことは永遠にないと確信した。何故なら、恵美子の気持ちは薔薇を縁取っていた澄んだ光によって深く鎖されていると思ったからである。だから、それが恋と呼べるかどうかは今も判らないが、坂本が恵美子と恋人同士のような色づいた時間を味わったのはバラ園を一周したあのときだけだった。

「その方は坂本さんと同じ高校にご進学されたんですか？」

「いえ、高校は違いました。でも、近かったので、ちょくちょく顔を合わせていました。といっても、デートをするという甘いものではありませんでしたけど。向こうにその気がないのは判っていましたし、断られるのが怖かったんです」

もしも学生だったら、恥ずかしさが先行して有耶無耶な云い方にしただろう。坂本が老年に差し掛かっていたら、苦い思い出も勲章へと変貌していて自慢げに話すことができたかもしれない。だが、坂本はそのどちらでもない中途半端な年齢だった。十代や二十代のような青い感傷もあるが、同時に四十代以降の年齢が持つ大人の物分かりのよさもある気がする。しかし、三十代という年齢だけがぽっかりと抜け落ちていて、恵美子とのことをどのように翻訳したらいいのか、坂本の歳では摑みかねていた。

だから、何かが漏れたような話になってしまったのだが、安藤は一つ一つに丁寧に頷きを返してくれて、坂本は話しやすかった。

「僕が関東の大学に行ってからは連絡が完全に途絶えました。でも、あるとき、誰から聞いたか判らないんですけど、携帯に電話が来たんですよ。結婚することになったから、招待状を出してもいいかっていう」

「坂本さんにとっては少々複雑なご気分でしたでしょうね」

　安藤の気遣いはありがたかったが、

「いえいえ。もうその頃にはほとんど忘れかけていて……声では気づかず、名前を云われて、やっと思い出したくらいです」

「そうでしたか。しかし、それは仕方ないことかもしれませんね。長い間お会いしていなかったわけですから」

　慰めるようでも、情けをかけるようでもなかったため、坂本は無駄に傷つかずに済み、安藤の表情に合わせて微笑した。実際に電話を受けたときは最初は誰だか判らなかったし、今度結婚するの、と云われたときはさすがにどきりとしたものの、大学生や社会人として過ごした時間が恵美子との思い出を埋没させていたから、大した感慨も湧かなかった。

「結婚式には行かれたんですか？」

「はい。会場が仙台駅の東口近くの小さなホテルでしたし、ちょっとした同窓会のようなものだったので」

「それは楽しかったでしょう？　ところで、恵美子さんのお相手はどんな方なんですか？」

　恵美子の結婚相手は横山常次郎（よこやまつねじろう）という外資系会社のITエンジニアだった。今から十六年前というと、ちょうどソフトバンクが大躍進を遂げ、ブログやSNSが当たり前になった時代である。

常次郎は四十過ぎてようやく授かった子供ということで、両親の深い愛情を受けて育った。長男だが、次、という字を使ったのには理由がある。二十代で最初の子ができ、生まれる前に長男らしい名前をつけたのだが、不運なことに流産してしまった。そのため、常次郎という名前にしたらしい。

だが、常次郎の両親は寂しい運命を背負っていたのか、家族で小旅行に出かけたときに、泥酔した男が運転する車に横から衝突され、車ごと川に落ちてしまった。両親が必死でウインドウを開けたらしく、その僅(わず)かな隙間から常次郎は押し出されるようにして水死から逃れたのだという。

常次郎は一人遺(のこ)される形になり、周囲は心配したが、宿命とは違って捻(ひね)くれることなく成長し、国立大学の工学部でＩＴ系の技術を学び、誰でも一度は耳にしたことのあるグローバル企業へ技術職として就職した。恵美子は同じ企業の事務として働いており、部署は大きく違うが、社内恋愛の末の結婚だった。

式場はこぢんまりとしたものだったが、料理や酒や内装は豪華だったし、両者の上司の肩書きはそれ以上に華やかなものだったことを憶えている。坂本は中学の同級生たちと同じテーブルに着いていたが、家族の席に一番近いところで、自分たちが場違いなところにいる気がしていた。それに、途中で友人に、新郎の方の親族席がほとんどないな、と云われて目を向けると、確かにほとんど席が設けられていない。決まりがあるわけではないものの、通常、新郎と新婦の招待客の数はほとんど同じにするはずなのに、常次郎の親類が極端に少ないため、バランスが崩れている。

おかしいな、と坂本が思っていると披露宴が始まった。それらしい音楽が流れ、新郎新婦が入場してきたとき、恵美子と視線が交わった。このとき、純白のウェディングドレスが白すぎる肌に儚げに映えた恵美子は、形式的にだが、坂本のいるテーブルに目を向ける。その瞬間、坂本の脳裏に、ずっと忘れていたはずのせんだい農業園芸センターでの一コマが甦った。記憶はだいぶ歳月の刃に削り取られていたが、一緒にバラ園を回ったときの感情が泡のようにふっと浮き上がってきたのである。

しかし、それも一瞬のことで、隣の常次郎の顔が視界に入ってきたときには、もうその記憶の泡は弾けていた。常次郎は古風な名前と違って白いタキシードがよく似合う清潔感のある二枚目で、本人の溌剌さを吸い上げて蝶ネクタイが本物のように羽ばたきそうだった。

披露宴の内容自体は平凡なものだった。上司や親戚による挨拶や、二人の馴れ初めの紹介、ウェディングケーキの入刀といった紋切型のシーンが続いて、坂本は久しぶりに顔を合わせる友人たちとの会話の方ばかりを楽しんだ。だから新郎新婦の入場以外はあまり印象的なシーンは憶えていないのだが、一つだけ、披露宴の中で鮮烈に坂本の目に飛び込んできたものがある。それは赤い薔薇だった。

新郎新婦が座っているテーブルが派手に飾られているのはよくあるが、妙に赤い薔薇が目立った。それに、坂本たちの席にも、痛いくらいの真っ赤な薔薇が活けられている。それだけが気になっていたのだが、披露宴の終盤で、司会がこんなことを云った。

『皆様、テーブルの薔薇をご覧ください。この赤い薔薇は、新郎である常次郎さんが恵美子さんと同じくらい愛するフォア・ローゼズというウイスキーのラベルで使われているお花でございます。ウイスキーが飲めるという方はここでもう一度、それでお二人の門出を祝って乾杯をお願いいたします。飲めない方はどうぞ薔薇を一輪取って、掲げてください』

ほとんどの列席者が酔っ払っていて、この少しおかしな趣向に乗った。坂本も、フォア・ローゼズは嫌いでなかったので、運ばれてきたグラスを手にして乾杯をする。ウイスキー好きの坂本にとって、そこが一番のハイライトだった。

流れで二次会にも出席した。始まってから一時間くらいすると、着替えの終わった恵美子と常次郎が現れ、大きな祝福の声が浴びせられた。恵美子は女友達から、式が素敵だったことや常次郎のルックスのよさ、一流企業に勤めていることなどについて、羨ましいという言葉の連打に遭っていた。常次郎の方は同僚や先輩に式に出席してくれたお礼を述べている。

律儀にも常次郎は坂本のところにも来た。挨拶だけを軽くするつもりだったのだが、ほろ酔いに導かれて、会話はフォア・ローゼズに向かった。坂本がそれについて訊ねると、常次郎は嬉しそうに目許を緩めて、自分にとってフォア・ローゼズは特別なウイスキーである、と語った。恵美子と初めて食事をしたときも飲んだのはフォア・ローゼズだったようで、彼女もそれを気に入ってくれて話がトントン拍子に進んだらしい。だから、フォア・ローゼズは仲人のような存在なのだと云った。

ついつい坂本も話に乗って、かなりフォア・ローゼズがお好きなんですね、と云うと、常次郎は大きく首肯して、初めてフォア・ローゼズを飲んだときのことを話してくれた。どうやら、育ててくれた祖父の部屋にあったのを高校生の頃にこっそり飲んだらしい。初めて飲んだときの感動は恵美子と出会ったときよりも大きかった、と数時間前に着ていたタキシードと同じ白さのある歯を見せて、そんな冗談を云った。そして、毎日寝る前にはフォア・ローゼズを一口やるようにしていると語った。

本当にフォア・ローゼズの魅力に憑かれているな、と坂本が思っていると、常次郎は微笑みをそのままにして、天使の分け前、というのをご存知ですか、と訊いてきた。

別名、エンジェルズ・シェアと呼ばれている現象である。ウイスキーに限らずだが、樽の中で熟成させるタイプの酒はしっかりと栓をしていても、蒸気となって少しずつ減っていく。地域にもよるが、一般的にスコッチだと年に一から二パーセント、バーボンだと三から五パーセントほど減ると云われている。それを天使の分け前と呼んでいるのである。

坂本がそう答えると、常次郎は笑みを風に舞う布のように広げて喜び、自分は毎夜フォア・ローゼズとそれを作ってくれた天使に感謝を込めて、エンジェルズ・シェアをしていると云った。酔っておかしなことを云っているな、と思ったが、すぐに常次郎は、妙なことを云ってしまいましたね、と前置きをして、こんな風に説明した。常次郎はアメリカに遊びに行ったときに白い陶器の天使の置物を気に入ったらしく、それを購入してきて、自室の観葉植物の根本に座らせているという。最近では恵美子も一緒になって、毎晩、そこにフォア・ローゼズを一口分、与えているらしい。それ専用のフォア・ローゼズを植木鉢の傍に置いてあるというのだから面白いし、常次郎は分け前を飲むであろう天使の置物も、毎日欠かさずに除菌のできるウェットティッシュで磨いていると云っていてフォア・ローゼズへの愛を強く感じた。

ウイスキーを飲む人の中でも天使の分け前を知っている人は少ない。ましてや、常次郎のように天使の分け前ならぬ天使への分け前をしている人間は聞いたことがない。だが、これだけで常次郎の人柄のよさ、そして心底ウイスキーを愛している男なのだということが判った。そんな人を一生の伴侶に選んだ恵美子の目は充分に成熟しているし、フォア・ローゼズのように立派に熟成し切ったんだな、とまるで親兄弟のように思った。

そこまで坂本が述懐すると、安藤もつられるようにして穏やかな声で、

「常次郎さんという方は素敵ですね。そこまで愛されたら、フォア・ローゼズも本望でしょう。もちろん、恵美子さんも」

「でしょうね。結婚式の翌年には常次郎さんがアメリカ本社に栄転になって、そっちで二人で暮らし始めたみたいです」

「それは素晴らしい。絵に描いたようなエリートコースですね。恵美子さんもお幸せでしょうね」

「幸せ……だ<ruby>っ<rt>ヽ</rt></ruby><ruby>た<rt>ヽ</rt></ruby>、と思います」

「だった、というのは？」

接客のプロである安藤の鋭敏な感覚が、坂本の言葉から違和感を拾った。

隠し立てすることもないし、今日こそは自分の中で燻(くすぶ)り続けてきた過去にケリをつけようと思っていたから、坂本は滑らかに続けた。

「実は常次郎さんは亡くなったんです。結婚してから十五年後、つまり一年前に海で溺死しました」

「溺死……ですか。恵美子さんはお辛かったでしょうね」

「だと思いますが……」

歯切れの悪い云い方になった。何故ならば、常次郎が亡くなったすぐあと、帰国した恵美子と会っていて、とある異変に気づいたからである。そのときの恵美子は結婚式のときとは別人になっていた。

そのことを安藤にそれとなく話すと、

「愛する人を亡くしてショックだったんでしょうね」

「そうかもしれませんが……話の内容が、その、あまりいいものではなくて」

グラスを左右に揺すって氷を鳴らし、少し大きめな音を立てて、安藤に総(すべ)てを話す覚悟を決めた。話しにくい内容だったが、今日は恵美子や彼女との過去と訣別(けつべつ)するつもりだったし、カラカラという氷の音色を借りればそれができる気がした。

「恵美子は挨拶もそこそこに、タブレットを出して、常次郎さんがコレクションしてきたウイスキーを見せてきたんです。そして、僕に、今はウイスキーが流行ってるんでしょ、いくらくらいになりそう、と訊いてきたんです。もちろん、常次郎さんがこよなく愛していたフォア・ローゼズも大量にありました。今、世界中ではフォア・ローゼズは六種類発売されていると思いますが、そういう入手しやすいものから、一四四二本限定で発売されたスペシャルリミテッド・エディション、三五〇〇本限定のマリアージュ・コレクションもありました」

「錚々(そうそう)たるラインナップですね。フォア・ローゼズの歴史そのもののようです。亡くなってすぐにそういったものの処分を考えるなんて……何らかの事情はあるかもしれませんが、少々、冷たいですね。恵美子さんもフォア・ローゼズをお好きだったということですから、売却せずに少しずつ飲みそうなものですが」

「ええ。でも、一番僕が気になったのは、そういったレアなものが交ざっていたことではないんです。例の常次郎さんが毎晩フォア・ローゼズをあげていた天使の置物の画像もあったんです」

坂本の話が意外だったのか、安藤は眉間に皺を寄せて沈黙を作った。小さな静寂が問いかけとなって坂本に続きを促す。

「天使の置物はよくあるもので、特別な感想はなかったんですが、その傍らに置いてあったフォア・ローゼズがちょっとおかしかったんです」

「常次郎さんがわざわざ天使用に置いていたフォア・ローゼズですね？」

「はい。それが封が開いていないどころか、埃を被っているのがはっきりと判ったんです」

「ということは――」

「そうです。ずっと行ってきた天使への分け前の習慣を、止めてたんです」

※

相談があるんだけど、と恵美子から連絡があったのは、一年前の初春だった。仙台ではようやく梅が咲いたところで、桜を始めとした他の樹々には蕾が目立ち、芽吹き始めていた下草の緑の方が目を惹いた。

坂本の勤めているリサイクルショップは一番町商店街から少し外れたところにある。リサイクルショップというと一昔前までは郊外に巨大な店舗を持って、本当に様々なものを売っているイメージがあったが、今は違う。金、プラチナ、ブランド品、骨董品、そして酒——捌く（さば）ルートの確保がしやすくなったため、現在のリサイクルショップはそういったものを主に扱っている。むしろ、生活雑貨や家電は少ない。坂本の店にはそれぞれの分野のスペシャリストが集っていて、買取の連絡が入ると、担当の人間がそこに向かい、適切な価格で買い取る。坂本はウイスキーを始めとした酒が担当だった。

いつ買取の仕事が入るか判らないため勤務時間帯は不規則だが、忙しくはない。昨今のウイスキーブームで多忙になるかと思っていたのだが、ウイスキーが高値で取引されていることはあまり知られていないのか、それほど依頼は多くない。それに、今はインターネットで何でも売れる時代である。リサイクルショップに任せるよりも、そちらの方が得だということを若い人々は知っているのだろう。

その日は細い雨が地上を煙となって這っていた。煙雨は店先の小さな庭の芝生の色を溶かし込んで、淡い緑色になっている。雨の日だから、というわけではないだろうが、その日は店全体が閑散としていて、昼過ぎには同僚たちと、開幕したばかりのプロ野球の話をしていた。楽天が優勝する、と毎年同じことを云っている先輩が今年もお決まりの文句を口にした瞬間、坂本のプライヴェート用のスマホが震えた。

名前は表示されなかった。悪質な業者の可能性もあるから放っておこうと思ったのだが、運命が意地の悪いプログラムを組んだのか、何となく坂本はその電話に出た。

「久しぶり。坂本くん」

結婚式の招待を受けたときには判らなかったが、今度はすぐに恵美子だと気づいた。学生のときのように苗字で呼ぼうとしたが、常次郎の顔が思い浮かび、すぐにそれを打ち消した。

坂本が少々、戸惑っていると、

「坂本くん、明日か明後日、時間ない？　ちょっと相談したいことがあるんだけど」

「明後日は休みだから時間は取れると思うけど……でも、お前の方はアメリカだろ？」

苗字で呼ぶのも何となく気まずい気がしたし、かといって、常次郎が傍にいるかもしれないと思うと名前を口にするのも憚(はばか)られた。だから、中学生の頃のように、お前、と云ったのだった。

坂本が気を遣って呼んだ、お前、である恵美子は、しかし、急に他人行儀な声になり、

「今は日本にいます。では、明後日、午後二時にMの一番上のレストランでお待ちしています」

それだけ云って切ってしまった。

一度も聞いたことのない恵美子の丁寧語に引き摺られるようにして、坂本は約束の日にMという老舗百貨店の前にいた。どこの百貨店も経営は厳しいとは聞いているが、それはM も同じで、老舗という看板や政令指定都市や百万人都市という装飾だけでは不況風は防げないのか、雨の日などは灰色に翳って見える。しかし、この日は雲一つない晴天で、春の柔和な陽が、雨の余韻と一緒に古いビルから湿気た部分を消し去り、栄耀さだけを鮮やかな幻のように目に流してきた。

約束の時間ちょうどに指定されたレストランに行くと、待ち合わせをしているんですが、と店員に告げる前に、坂本の目が恵美子を捉えた。一番奥の窓際のテーブルに一人、座っている。

恵美子は結婚式のあった十六年前とはだいぶ変わっていた。家族や老夫婦向けの明るいレストランに、そこだけ夜の彩りが滴り落ちている。元々、高校生になったあたりから派手になっていたが、髪は薄茶に染まり、肌にぴったりと密着したノースリーブの黒地には、金と銀のラメが大都会のビルの谷間から覗く品のない夜空のように煌めいている。窓を淡い黄金色に輝かせている春の健全な陽光の中にあると、恵美子が生臭い夜の生き物として浮かび上がっているような気がした。

「急にどうした？」

店員にアイスミルクティーを注文したあとに坂本がそう訊ねると、恵美子は気怠げに後ろ髪を指で絡げた。その仕草にも、もう十六年前の面影はない。

「あの人、死んだわ」

「――」

唐突で何の感情も籠っていない白い声に、坂本の脳がついていけなかった。五秒ほどして、やっとあの人が誰を指しているのか、判った。

「どうして？　交通事故か？」

常次郎の両親が事故死している、ということを坂本は思い出した。しかし、恵美子は、違うわ、と小さく呟いたあと、

「溺れ死んじゃったのよ。リップカレントって知ってる？」

日本では離岸流と呼ばれている現象である。岸から沖合に向かって発生する流れのことで、あっという間に遠くへと運ばれてしまう。水泳の経験者でさえも、抗えないほどの強い流れらしい。昔からあった現象だが、日本で一般的になったのはつい最近のことで、過去の悲惨な水難事故の多くはこれが原因だったと、坂本は数年前にサーフィンをやっている職場の後輩から聞いていた。

「常次郎さんも不幸だったな」

「そうね。あの家系はこの手の不幸が多いわね」

他人事のように云い、恵美子はチョコバナナのパンケーキを注文した。都内の有名店に比べれば安い方だが、それでも千円は超える。坂本が知っている高校生の恵美子は、こういうところのパンケーキはちょっと高いから、と云ってもっと安いものを頼んでいた。そういうものを躊躇(ちゅうちょ)なく注文する恵美子に変化を感じた。

「常次郎さんが亡くなったから帰国したってわけか」

「そういうこと」

冷淡な声で短く答え、時差ボケがまだ治っていないかのように、眠気に粘ついたような目を瞬かせた。

坂本は気分を変えようとして、運ばれてきたアイスミルクティーを飲んでから、いくつかの差し障りのない話題を挟んだ。そして、常次郎の死について詳細を訊くと、

「あの人が死んだのはつい先月。メキシコのカンクンっていうリゾート地があるんだけど、あの人はそこの海が好きだったの」

「先月っていうとまだ肌寒かったんじゃないのか?」

「ううん。カンクンは熱帯気候だから、大抵、暖かいわよ。それに、十二月から四月までは雨があまり降らないからいいシーズンなの。その時季になると、三回か四回は行ってたわ。アメリカからだと近いし」

カンクンというリゾート地は初耳だったが、それなりの富裕層が利用していそうな雰囲

気がある。世界でも有数の大企業に勤めていた常次郎に相応しい休暇の場所だと思った。

「しかし、常次郎さんは忙しかったろ？　あの企業は給料はいいが、休みが極端に少ないと聞いたことがある」

「あ。そういえば、坂本くんは知らなかったっけ？　あの人、十年前にあの会社を辞めたの。それ以降はフリーランスだったのよ」

「フリーランス？　なかなか思い切ったことをしたな」

十五年前の常次郎を思い出していた。大きな野心を持たず、恵美子とフォア・ローゼズを愛する素朴な印象があったので坂本は少々、驚いた。

アメリカでは日本よりもフリーランスに関する理解は進んでいる。特にエンジニアの案件は多いと聞いているから、常次郎の経歴や腕からして、最低でも一日に日本円で三万から五万の収入は固い。ゆったりと恵美子との時間を大事にしていたとしても、月に七十万はゆうに超えていただろう。セレブという人々に比べれば経済的には若干劣るかもしれないが、時間も場所も自由が利くフリーランスのエンジニアは生活の質が高い。自然と恵美子の財布の紐が緩み、生活が派手になったのも理解できる。

顧客の気まぐれと、いつまで続くか判らないリサイクルショップに振り回されている自分とは雲泥の差だな、と坂本が苦笑していると、

「あの人を育てたお祖父さんもお祖母さんも亡くなっていたし、親戚も全員日本にいたか

ら、気楽な夫婦生活だったわ。それに、フリーランスになって時間も自由になったからカンクンにも簡単に行けるようになったしね。ちょっと夫婦喧嘩をしても、一緒にあの綺麗な海で泳ぐと、お互い、ぱって忘れちゃうの」

運ばれてきたパンケーキにナイフを刺し入れながら、恵美子は素っ気なく云った。

「常次郎さんの葬式は？」

「やったわよ、もう。あの人はもう骨だけになってたけどね」

「嫌な話になるが、面倒じゃなかったのか？　ほら……相続だとか……」

坂本は気を遣って言葉を濁したが、恵美子は気にする様子もなく、ナフキンで口許を拭うと、首を左右に振って否定した。

「それは問題なかったわ。もう五年以上前に終わってるから」

「どういうことだ？」

「あの人がフリーランスになったって云ったでしょ。そのあとの三年間のうちに、うるさい親戚たちが次々に病気で亡くなっちゃってね。そのときに横山家の財産のあの人の取り分はもらってたの。揉めるのが嫌だったから、わたしたちはアメリカにいて知り合いの弁護士に任せっきりだったけどね。で、ついでに、あの人が死んだときにどうするか、という書類も作っておいてもらったのよ。だから今回は面倒なことはなかったわ」

「それなら、特に問題ないじゃないか。葬式も終わってるし、親戚関係のゴタゴタもない。

俺に何の相談があるんだ？」

「お酒……坂本くん、お酒に詳しいんだって？」

不意を突かれた坂本の沈黙を、恵美子はイエスだと受け取ったらしい。

「あの人が集めたお酒がたくさんあるの。大体はウイスキーみたいだけど」

「それを売ろうっていうのか？　フォア・ローゼズも」

坂本は嫌味の楔（くさび）を打ち込んだつもりだったが、恵美子は素知らぬ顔で、ええ、と答えた。

結婚式の常次郎の話によると、フォア・ローゼズは二人の仲を取り持ってくれた仲人のような存在である。それに、常次郎も恵美子もフォア・ローゼズを愛していた。常次郎が亡くなった途端に売りに出すというのはさすがに酷薄な気がした。

当惑したのが自分でも判り、表情に出たのではないかと危惧したが、恵美子はそんな坂本を気にすることなく、タブレットを出した。派手な指輪を嵌（は）めた指も恵美子同様に常次郎の死を忘れたかのように軽やかに滑り、一つのフォルダを開いた。

「これ、うちにあるウイスキーのコレクション。どれくらいになりそう？」

タブレットケースにはブルガリの文字が華やかに踊っている。いつもならば、ここまで金をかけるのか、と思うところだが、今の恵美子に自然に溶け込んでいる。

肝心のウイスキーのコレクションはなかなかのものだった。写真を撮ったのが恵美子だから、いくつか不鮮明な点はあったし、真贋を見分ける肝心な箇所も抜けていたが、それでも、いいものは多い。アメリカに長く住んでいたせいだろう、バーボンが多く、日本では滅多に見かけないバージニア・ジェントルマン、世界的な賞を獲っているブラントン、親分という意味のコック・オブ・ザ・ウォークの旧ラベルらがずらりと並んでいて、常次郎のウイスキーへの情熱が琥珀色の液体と相俟って、陽炎のように漂っていた。

また、スコッチの中で特段、坂本の目を惹いたのは、いわゆるバイセンテナリーと呼ばれているボトルである。バイセンテナリーとはバイセンチュリーのことで、ウイスキー界隈では二百という数字に深い意味があるらしく、どこの蒸溜所も二百周年記念ボトルを出すことが多い。常次郎のコレクションの中には、リリースされたボウモアやトバモリーやハイランドパークのそれがあった。これらだけで下手をしたら百万は見えてくる。常次郎の好みなのか、九十年代後半から二〇一〇年代初頭にかけて発売されたものがほとんどだった。そのため、今はほとんど流通していないウイスキーが多く、現在の世界的なブームを考えると、かなりの額になりそうだった。日本のウイスキーも数多くあり、種類によっては海外のオークションで数千万を超える軽井沢、同じくらいの値段がつけられる山崎の記念ボトルなどもある。ニッカについても、余市の限定ボトルが三種類あり、これだけで二百万は軽く超えるだろうことは容易に予想がついた。

恵美子にそう告げると、それまで坂本を捉え損なったようにぼんやりとしていた目がぱ

っちりと開き、

「それじゃあ、坂本くんの店に買取してもらっていい？」

「それは構わないが……」

常次郎のウイスキーへの愛情をそのまま無機質な金に換えるようで気が進まなかったが、これも仕事である。会社からすれば宝の山であり、それを逃したことが上司に漏れたら坂本の立場が危うくなる。

気乗りしないながらも、さらに他の画像を眺めた。すると、不可解な点があった。常次郎が毎晩、フォア・ローゼズをあげていたという、天使の置物である。いや、天使の置物自体は祈りを捧げている何の変哲もないものだ。しかし、ウェットティッシュで毎日磨く人がいなくなったので当たり前といえば当たり前だが、汚れ以外にも粗雑に扱われているのが判るくらいである。さらに坂本が不審に思ったのは、恵美子ほどの背がある観葉植物の根本に置かれたその置物ではなく、鉢の隣に置かれていた天使への分け前用のフォア・ローゼズである。これも売り物にしようとして恵美子は写真を撮ったのだろうが、それが未開封だった上に、もうずっと放置されているかのようにボトルに埃が黒ずんだ皮となっている。鮮明ではない画像からでさえも判るほど、天使の置物と同等かそれ以上に恵美子から冷遇を受けているのが一目瞭然だった。

「本当にここにあるやつを全部売るのか？」

「ええ。わたしは最近はウイスキーを飲まないし、あっても邪魔なだけだから」

悪びれずに云い、パンケーキの一切れを口に運んだ。人生の落とし穴に落ちたはずなのに、その悲しさが微塵(みじん)もない。

――常次郎さんの死は本当にただの溺死なのか？

黒い推測が思わず坂本の胸に湧き上がった。二人の間に子供はいなかったらしく、気ままな夫婦生活をしていたようだが、平穏すぎる日常を送っていたからこそ、些細なことで影が射して崩壊してしまうこともある。堅固な城ほど錆(さび)の浸食には脆(もろ)い。表面的には静穏だったかもしれないが、十六年も一緒に暮らしていれば、相手への不満が錆となって浮いてくる。その錆が殺意となって恵美子を腐食させ、常次郎を死に追いやったのではないか、と坂本は思った。

それに、坂本が思い出したのは、大昔に訪れたせんだい農業園芸センターでの一コマだった。あのとき恵美子は花についた虫を払って踏み潰した。そのときは、自然が豊富な仙台で育った恵美子の逞(たくま)しさと淡い恋心に似た感情でそれほど気にならなかったものの、今は、一つの命を何気なく葬り去ることのできる残忍さがあるのだ、という気がしてくる。

これは旧ボトルだからいい値段がつく、こっちはレアだけど人気がないから高くは売れないな、と云いながら、坂本は恵美子の様子を探った。本当にこの女がたった一ヶ月前に常次郎を溺死に見せかけて殺し、夫が大事にしていたウイスキーをこうして堂々と売りに出そうとしているのか。

細い目と細い眉と細い唇で平凡な幸福を作っていた過去の恵美子と、坂本が告げる金額をスマホに入力している人間が同じ人物だとは思えなかった。しかし、顔の作りや声色は恵美子で間違いない。

ますます混乱してきた坂本は試しに、一つ、際どい問いを投げてみようとした。

「これくらいのいいウイスキーなら、うちでも喜んで買い取る。ただ、いくらになるかは現物を実際に見てみないと判らないな」

「全部未開封だけど？」

「それは当然のことだよ。他に、ラベルの状態、箱のありなし、液面が低下していないかどうか。そういうのを観察してみないと判らない。あと、高いやつと安いやつは驚くほど差がつくな」

ここで坂本は言葉を一度切って、恵美子の良心に探りを入れた。

「常次郎さんが毎日天使の置物にあげていたフォア・ローゼズなんかは安いな。世界中で簡単に買えるやつだから、悪いが五百円程度だろう」

さりげなさを装って、矢を射った。言葉の矢が刺さったのか、はっきりとではないが、恵美子は表情を曇らせた。これまで化粧の下に隠れていた心が揺らいだように見える。

しかし、それは坂本の願望と期待が見せた幻だった。近くのテーブル席の小さな子供が

ブラインドを弄り、光の揺らぎを恵美子に与えたに過ぎなかった。その証拠に、恵美子はそれまでと同じ淡白な声で、

「そうね。これ、埃塗れで汚いものね。でも、処分するのも面倒だから一緒に買い取ってもらえるかしら」

坂本の中で一本の糸がぷつり、と切れた。

一緒にバラ園を巡ったときの、いや、十五年前に無数のキャンドルライトに包まれて幸福そうに微笑していた恵美子でさえも、もうそこにはいなかった。忘れる、ということが記憶を美しく思い出すということなのだと坂本は痛感した――。

それから二週間後、再び、恵美子から連絡が入った。正式な依頼である。実家に大量にウイスキーが届いたらしい。アメリカから日本へたくさんのウイスキーを送るとなると、手続きが面倒だが、今は運送を代行している会社がある。手数料や金はかかるが、常次郎のコレクションの質の高さと量の多さを考えると、それでも、ウイスキー特需が来ている日本で売り捌いた方がいいと恵美子は判断したらしかった。二百本近くはあるので、諸々の経費はかかるが、坂本のリサイクルショップに持ち込めば純利益だけで一千万を超えるだろう――そういう計算があるらしい。

気乗りはしなかったが、仕事は仕事である。五日間かけて、一本一本、丁寧に査定して、合計金額を出した。常次郎はコレクションするよりも、実際に飲んでウイスキー本来の魅

力を楽しむ人間だと思っていたのだが、恵美子の云う通り、持ち込まれたものは全部未開封で状態がよかった。日本のウイスキーも多くあり、いくつかは休売していて高値がついているものがある。ただ、これは難しい判断で、今、数十万で買い取っても、ストックができた数年後には確実に定価通りで売られる。だから価格をつけるのが難しかったが、支店長を通して東京の本社の責任者に訊いたところ、今のうちに捌けば問題ないから全部買い取れ、という指示が出た。こういう仕事をやっている坂本だが、ウイスキーがただの札束に変わっていくのを見るのは忍びない。しかも、数年後には元の価格に戻っていることが予想できるだけに、詐欺を働いているような気分になった。

総計で三千七百八万にも膨らんだ。バイセンテナリーボトルの各種スコッチや軽井沢や山崎が金額を釣り上げたのである。皮肉なことに、常次郎が最も愛していたフォア・ローゼズは下から二番目の安さだった。ウイスキーへの愛着が数字如きに敗けるのは悔しかったが、本社が設定する買取価格は支社の平社員の坂本にはどうしても抵抗し難い冷酷な現実だった。

電話をして査定金額を告げると、恵美子ははしゃいだ声で、それでお願い、と云った。これだけの金額だと税金がかかるぞ、と坂本は最後の抵抗で云ったのだが、キャッシュではなく会ったときに伝える口座に振り込んでくれ、という返事がきた。少し前までは海外に口座を持って税金逃れをする『資産フライト』が流行ったが、今はＣＲＳという制度ができて、そこに加盟している国々の間では資産の情報がやり取りされている。つまり、税金逃れが非常にしにくい。だが、数日後、リサイクルショップで恵美子と会い、諸々の手続きを終えて、最後に振込先の口座と手続きの方法を聞いたとき、坂本は驚いた。恵美子が坂本に伝えてきた口座はＣＲＳに加盟しない国のものだった上に、税務署の目が届きにくい方法を選択したのである。世界の潮流からして数年後にはその国もＣＲＳに加入することになるだろうが、一時的に置いておくにはいい。そんな悪知恵をつけた恵美子はもう坂本にとって同級生どころか、ちょっとした憎しみの対象にまでなっていた。

恵美子を営業の顔で見送った坂本は、早めに帰宅した。夕闇に沈みかけている仙台市は居酒屋やレストランの燈を散らして、坂本の視界を賑やかなものにしている。しかし、雲が出ているせいか、燈の一つ一つや街路樹が湿りを帯びているように見え、いつもよりも元気がない。その無言の燈と樹々の緑のせいもあり、春という季節にとって仙台市はただ通り過ぎるだけの通過駅のように寂しいものになっていた。

自宅に戻った坂本はパソコンのメールをチェックした。恵美子と再会した日に、メキシコにいる外交官の友人に連絡を取り、常次郎の死について調べてもらっていたのである。

邦人が海外で亡くなった場合、現地警察や病院から大使館に連絡が行く。アメリカに住んでいた常次郎がメキシコで死んだ、という複雑なケースだが、常次郎の訃報は日本大使館に届いていたらしい。遺体については、百万から百五十万をかけて空輸して日本に運ばれるケースが多いようだが、世界各国に行くことが多かった常次郎はパスポートに死んだ場合は現地で火葬してくれ、という意思を記しておいたとのことだった。坂本はそこに恵美子の悪意、いや、もっと云ってしまえば殺意の一片を感じたのだが、海外を飛び回っている人間にはそういうことをしている人もいるから珍しいことではない、と外交官の友人から否定されてしまった。確かに、現地で荼毘に付してくれ、としっかりと書いておかないと遺族は百万から百五十万の空輸費を負担することになってしまう。そのリスクを避けるために、常次郎と恵美子との間でごくごく普通に約束を交わしていたとしても何ら不思議ではない。

メキシコの警察の検死結果はどうだったのか、とメールで訊いたが、さすがにそこまでは判らないとのことだった。だが、メキシコにある日本大使館には殺人事件で邦人が殺されたという情報は入ってきていないし、常次郎と恵美子夫婦が暮らしていたアメリカにいる外交官にも問い合わせてくれたようだが、そういう報せはなかったという。

ということは、やはり先月の常次郎の死はただの事故死だということになる。だが、フォア・ローゼズの雑な扱い方や常次郎が大切にしていたコレクションを何の哀傷もなく処分する恵美子の言動には黒い疑惑が纏わりついている。そして、天使への分け前が完全に途絶えていたことも気にかかっていた。植物の根本に置いてあった天使の置物は、画像で見る限りそこまで汚れておらず、長い歳月が吹きつけ続けていた黝ずみを寄せつけずに純白さを守っていた。また、毎晩常次郎と恵美子があげていたフォア・ローゼズのお陰だったのならば美談で終わるがそうではない。天使の置物が白く綺麗である分、その近くに置かれたフォア・ローゼズの瓶には埃がたっぷりと堆積していた。あの分だけ時間が流れ、変化し、常次郎と恵美子の過去が暗い色へと遷移したことを表している。

だからこそ、坂本はそれからずっと常次郎の死の原因が本当にリップカレントによる事故なのか調べているのだった——。

※

「そうだったんですね。坂本さんにそんな思い出があったとは存じ上げませんでした」

「思い出……なんですかね。結局、その後は有耶無耶になってしまって、恵美子はアメリカへ戻ってしまったので、すっきりしていないんですよ。一年間経ったお陰で傷のようなものは治りましたが、過去は醜くなってしまった気がします。忘れるのが一番いいとは判っているんですけどね……やっぱり、ただの事故死だったんですかね」

切れ味の悪い云い方をして、坂本はフォア・ローゼズの最後の一滴を咽喉に流し込んで、一息ついた。そして、五時を過ぎて暗くなり始めた窓外に視線を投げた。春とはいえ、まだ日は短い。ふっ、と息を吹きかけるとガラスの向こうの仙台の街並みに靄がかかり、ネオンや街燈が滲み、背の高いビルの影さえも消えかかって、遠い昔に沈んでしまった杜の都が一瞬だけ浮かび上がったように見えた。たった一年だが、この風景のように、坂本の中ではあの事件はもう自分の手の届かない幻となっている気がする。手を伸ばそうとして安藤に打ち明けたのだが、やはり自分の中で消化し切れていないし、真相も摑めないままだった。

やはりこのまま煙のようなぼんやりとしたものを抱え続けないといけないのか、と坂本が思った瞬間、

「差し出がましいようですが、お手伝いいたしましょうか？」

安藤が意外なことを口にした。

「安藤さん。手伝ってくれるっていうのは、事件の真相が判ったんですか？」

「はい。坂本さんがとてもご丁寧にお話ししてくださったのでよく判りました」

小さい花を咲かせるような優しい表情で安藤が答えた。

「それなら是非、教えてもらいたいです。どうしても腑に落ちなくて……」

「承知いたしました。実は既にわたしの方で用意しております」

安藤は坂本を落ち着かせるように云ったあと、

「問題となる部分は、坂本さんが疑っていらっしゃるように、恵美子さんが常次郎さんの命を奪ったのかどうか、だと存じます」

「そう……ですね。でも、証拠がないから確信が持てなくて」

恵美子の変貌、国を跨いでいる常次郎の死、そしてフォア・ローゼズの売却――。状況だけ見れば先月の常次郎の死は不可解すぎる。けれども、決定打に欠けるし、何かまだ坂本は大事なものを見落としている気がしてならなかった。

「坂本さんの仰る通り、現時点では恵美子さんを逮捕するには証拠が足りないと思います。しかし、坂本さんが一年前に常次郎さんのコレクションをご覧になったときにお持ちになった違和感は、間違いではないとわたしは思っております」

「……やたらといいウイスキーがある一方で、安いものもあるのは当然なのですが、天使の置物の近くに置かれていたフォア・ローゼズが埃だらけだったのには違和感がありましたね」

灰色の目で坂本が云うと、

「常次郎さんが大事にしていたにもかかわらず、長い年月、放置されていたかのように手つかずの状態だったとのことでしたね。それこそが、数少ない証拠の一つなのではないかとわたしは考えました」

「確かに未だにその点は釈然としないんですよね。でも、常次郎さんの好みが変わったんじゃないかとも考えられますし……そもそも、毎日、天使の置物に天使への分け前をあげていたこと自体、異様なことですから」

　安藤は微笑みに沈んでいた視線を少しだけ鋭くして、

「どうしてウイスキーを愛していた常次郎さんは、天使の置物への天使の分け前をあげなくなってしまったのでしょうか。それさえ判れば、事件の真相は見えてくるのではないでしょうか」

「安藤さんの云う通りですけど……いくら考えても常次郎さんがその習慣を止めた理由が判らないんです」

「わたしもお話を伺いながら、必死に考えました。異様なことが起きているのに、原因がなかなか摑めないというのは居心地が悪いですから。お恥ずかしいことに、つい数分前までは、いくつもの可能性を探っては消し、また考えては消しの作業を繰り返していたくらいです」

　安藤は恥ずかしさを誤魔化すように、ちょっとだけ俯いて綺麗に整えられている顎鬚を撫でた。

　坂本は安藤からすればただの客に過ぎないはずである。しかし、こうして一緒に頭を悩ませ、少しでも客の苦しさを取り除こうとしてくれているのが坂本は嬉しかった。自己啓発本のような不特定多数に向けた癒しではなく、僅かな時間だけでも客が苦難から逃避できる場所こそが本物のバーであり、『シェリー』はその教科書のような存在だと思った。

　安藤はチェイサーを坂本のグラスに注ぐと、

「わたしも難しい事案だと思いましたが、坂本さんが本当にご丁寧にお話ししてくださったので、いくつかのヒントを見つけることができました。ポイントは三つです」

「三つ……ですか」

チェイサーを一口飲んだ坂本は、話が最も重要な点に差し掛かっていることを感じて、鎖のような視線で安藤を縛りつけた。

「一つはもちろん、常次郎さんが天使への分け前をあげなくなった点です。そして、二つ目はフリーランスへ転職をしたことですね。そして、もう一つは恵美子さんの手許に残った常次郎さんのウイスキーのコレクションの売却だと存じます」

「ちょっと待ってください。その三つは仰る通り、この十六年で常次郎さんに起きた異変です。しかし、それらが結論と繋がっているとは思えないんですが……」

「この事件の厄介なところは、一見すると真実から遠い場所にあるこの三つの手がかりを丁寧に繋げないと正解を手にできない点だとわたしは感じました。どれか一つでも欠けてしまうと、本質を見誤ってしまう可能性がございます」

今度は坂本は間を取って頭の中で整理したあと、

「僕は恵美子が常次郎さんを殺したと思っています。恵美子と常次郎さんは仲が冷え切っていた。常次郎さんが天使への分け前をあげなくなったのは、フリーランスになって常次郎さんが家庭で仕事をするようになり、夫婦仲が悪くなり、縁を作ってくれたフォア・ローゼズが嫌になったからです。フリーランスになって夫婦仲が冷えるケースはよく聞きますから。だから、常次郎さんが亡くなったあと、ウイスキーを総て売ったのだと僕は考えたんですが……」

自信のなさが早口となって露呈した。何の証拠もないし、三つの謎が綺麗に解けたとは自分でも思っていないが、坂本も安藤と一緒に謎を解きたいとあがいたのだった。

安藤は坂本の声を干した布団のように柔らかく受け止め、

「坂本さんの仰ることはご尤もですし、正解に近いと存じます。しかし、仲が冷え切って、一ヶ月前に事故を装って恵美子さんが常次郎さんを殺したとしますと、矛盾が生じます」

「矛盾……ですか？」

「はい。天使の置物にあげていたフォア・ローゼズが埃を被っていたのはどうしてでしょうか？　夫婦生活が破綻して常次郎さんがフォア・ローゼズを憎むようになったとしたら、処分するというのが人情だと存じます。けれども、常次郎さんはそうなさいませんでした」

「ということは……やっぱり常次郎さんの死は事故死なのでしょうか？」

すると、暗色が安藤の微笑を攫った。そして、暗い表情のまま、安藤は坂本を気遣うように声のトーンを落としてこう告げた。

「恵美子さんは常次郎さんを殺しました。それは間違いないとわたしは思っております」

「え？　でも、僕の仮説には矛盾があるんじゃないんですか？」

「ええ。けれども、総てをお間違いになられているわけではないんです」

「動機が違う、とかですか？」

坂本はそうとしか思えなかった。そこが間違っているからこそ、安藤は自説を否定したのだと坂本は思った。

だが、安藤は坂本の言葉を灰色のままの顔で吸い取り、

「そうではございません。動機については夫婦生活が冷え切ったことだとわたしも思っております。ですので、その点については合っていると存じます」

「だとすると、どこが違うんだろう……やっぱり、常次郎さんが天使の置物にフォア・ローゼズをあげなくなったことについてもっと考えないといけないんですかね？　でも、恵美子が常次郎さんを殺したという根拠にはならない気がしてしまいます」

「わたしも坂本さんと同じく、その点について引っかかっていましたし、袋小路に迷い込みました。けれども、こう考えれば矛盾はなくなるのではないでしょうか」

安藤はフォア・ローゼズをこよなく愛していた常次郎を悼むように一度目を瞑ったあと、

「死ぬ間際まで、常次郎さんは天使への分け前を与えていた、とわたしは考えました」

「ちょ、ちょっと待ってください。それなら恵美子が僕のところに持ってきたフォア・ロ

ーゼズがあんなに古びていなかったはずです」

　いつの間にか椅子を蹴って立ち上がって、顔を安藤の方に突き出していた。席に取り残されたグラスの氷が溶けて、からっ、と坂本の動揺に呼応するように鳴った。しめやかにジャズが流れていたが、不意に途切れ、『シェリー』はバーとしての呼吸を忘れたかのように沈黙している。

　それを壊したのは安藤の声だった。

「恵美子さんがお持ちになったフォア・ローゼズは、常次郎さんが死ぬ間際、いえ、殺される寸前に天使の置物のために用意されていたものです。本来ならば綺麗な状態のはずですが、今回の件について云えば、古めかしいのも当たり前です、何故なら、あれは十年前に常次郎さんがお亡くなりになったときからずっと放置されていたものなのですから」

　坂本の頭が空白に支配された。思考、視界、感覚——そういったものが一枚の白紙になってしまったように、坂本は茫然としていた。

「わたしも同じ思い込みをしていたので遠回りしてしまいましたが、坂本さんは恐らく恵美子さんが一度しか殺人を犯していないと思っていらっしゃるのではないでしょうか。実はここが一番の盲点だと存じます。恵美子さんは二度、人を殺めております。恵美子さんはまず、十年前に本物の常次郎さんを殺しました。常次郎さんがフリーランスになった、という時点で恵美子さんは既に犯罪に手を染めていたのだとわたしは思います。殺した直後に元々、常次郎さんが勤めていた会社に辞表を書いて提出したのでしょう。当店にお越し頂くお客様の中には、アメリカで働いていた方もいらっしゃいます。その方々から、アメリカでは、競合相手に移る、と云えば、すぐに退職させられるケースがよくあると聞いたことがございます。もしくは健康上の理由をつけたのかもしれません。日本より退職しやすい環境でもあり、何にせよ、恵美子さんは口実を設けて常次郎さんを退職させました」

「常次郎さんは十年前に偽者と入れ替えられてしまった、ということですね？」

「はい。人が代われば習慣も変化いたします。だから、天使への分け前はなくなったのです」

すとん、と胸に落ちるものがあって納得したものの、あまりにも予想外だったので、坂本は固まってしまった。

「どうやって殺害し、処理をしたのかまでは想像できません。しかし、年間、八十万人もの人間が行方不明になり、迷宮入りしているアメリカでは、常次郎さんの死がどこかに紛れ込んだとしても不自然ではございません。恵美子さんはその後、事前につき合いのあった常次郎さんの身代わりと暮らせばよいわけですから、実行するに値する犯罪だったと存じます」

「じゃあ……一ヶ月前に死んだのはその身代わりの方だった、ということですね？」

何とか声を絞り出して確認すると、安藤は顎を上下させ、

「ご指摘通り、その身代わりの方です。といっても、偽者の常次郎さんの死については、もしかしたら恵美子さんの意図しないところで運よくリップカレントが起きたかもしれません。しかし、恵美子さんに再び殺意が生まれたのは間違いないかと存じます」

ウイスキーの査定を依頼してきたときから恵美子の肖像がかなり描き換えられていくのを感じていたが、今、またさらに醜いものへと変容していくのを感じていた。

「日本とアメリカは近くなったとはいえ、そこまで頻繁には行き来できないものです。恵美子さんのご両親はご健在のようですが、自分の親ですから、理由をつけて会わないようにすることは容易かと存じます。もしくは、常次郎さんの名を騙ってメールなり手紙を送って夫婦生活が順調だと云っていたのかもしれませんね。そして、常次郎さんには両親も育ての親ももうおらず、仲の悪い親戚しかいませんでした。ですから、十年間、偽者は本物の常次郎さんのフリができたんです」

「でも、何故、恵美子はそんな真似を？　普通に本物の常次郎さんと離婚をすれば――あ、でも、それじゃ恵美子は損をするのかな」

坂本が独り言のように云うと、安藤は、仰る通りです、と云い、

「恵美子さんが最初に常次郎さんに殺意を抱いたのは、かなり前のことかと思います。恵美子さんは、常次郎さんは十年前にフリーランスになったと云っていますが、恐らくその

頃に明確な殺意が芽生えたのではないでしょうか。しかし、そのときに常次郎さんと離婚すると、非常に不利な立場に追い込まれてしまいます」

「常次郎さんと恵美子を煙たがっているうるさい親類はまだ生きていましたもんね。法定相続分はもらえたとは思いますが、それ以外は勝ち目が薄い。ウイスキーについてもごっそりと持って行かれる可能性がある。だから、恵美子は最初の殺人を隠したんだ……」

萎れた草のように坂本は椅子に崩れ落ちた。あの恵美子が二度も殺人に手を染めていることはショックだったが、納得もしていた。そして、恐ろしい事実よりも、それを受け入れている自分に、一番驚いていた。

「となると、先ほどわたしが申し上げた三つの謎にも総て答えが出たと思います」

「ええ。常次郎さんが天使への分け前をあげなくなったのは、偽者になったから。フリーランスへ転職したのは実は恵美子によって殺され、会社に行けなくなっていたから。そして、ウイスキーのコレクションの売却を持ちかけてきたのは、僕が常次郎さんがウイスキー好きだと知っていたからですね？　あれだけのものを普通の人が持っているはずがない。それを一気に売却するとなると、目立ちすぎる。でも、友人であり、なおかつ常次郎さんのウイスキー好きを知っている僕ならばリスクは少なくて済みますから」

「その通りでございます。寂しい事実ですが……」

疲労が泥水のように広がった坂本の心中を察してか、一段と安藤はゆっくりした口調で、

「常次郎さんのウイスキーコレクションは、九〇年代後半から二〇一〇年代初頭に発売された、今となっては希少性の高いものばかりでした。それは常次郎さんがウイスキーマニアだった証でもありましたが、同時に別の意味がございました。レアなものや評価の高いウイスキーが今も出ております。しかし、それらがなかったのは、常次郎さんが既に亡くなっていた何よりの証拠だったと云えるのではないでしょうか」

「そうですね。常次郎さんに成り代わった人間はどうやらウイスキーに興味がなかったようですね。恵美子のウイスキーへの愛情も大したものではなかった。だから、自然と最近のものは買っていなかった。僕は愚かだったので気づきませんでしたが、察しのいい人ならば違和感を持ったはずです。僕のような人間ならば気づかないだろう、と恵美子に見くびられていたんですね」

坂本は沈鬱な想像を暗い糸のようにして、真相という織物を完成させようとしていた。

十六年前の結婚式では常次郎と恵美子は幸福をそのまま絵にしたような夫婦だったが、次第に冷めていった。常次郎は離婚を考えていたかもしれないが、慰謝料をもらったとしても、恵美子には金銭面の不安が待っている。だから、恵美子は常次郎の替え玉を探した。そして、常次郎を殺して、入れ替え、常次郎側の厄介な親戚が亡くなるまで、じっくりと待ったのである。ただ、常次郎の勤め先から殺人が発覚する危険性が高い。だから、退職させて、フリーランスになった、という嘘で固めたのだった。

このときから、毎日の恒例となっていた、天使への分け前の習慣は終わっている。そのときにフォア・ローゼズを他のボトルが並んでいる場所に移せばよかったのだろうが、もう恵美子の生活の一部になっていたのだろう。天使への分け前はやらなくなっても、その置物の傍らにフォア・ローゼズがあるのは当たり前の光景になっていたのだった。

その後、目の上のたんこぶだった常次郎の親類が亡くなったのを境にして、恵美子は十二分な資産を手に入れた。あとは、浮気相手と悠々自適に暮らすだけだったが、痴情の縺(もつ)れで偽の常次郎とも別れたくなった。いや、もしかしたら、常次郎を殺したことを知っている偽者が恵美子を強請(ゆす)ったのかもしれない。そのとき、恵美子の脳裏に一石三鳥の案が浮かんだ。偽者を常次郎として葬り去り、正式に未亡人となることにしたのだ。自分の犯罪を知っている人間を抹殺できれば完全に自由の身になることができるし、常次郎が十年前に死んでいたという過去を嘘で上塗りすることができる。また、今ならば常次郎が愛情を注いでいたウイスキーを何の違和感もなく換金することができる。躊躇(ためら)う理由などなかった。

それは成功を収めたように見えた。だが、タブレットで見ても長年放置されていると判るフォア・ローゼズだけが、恵美子の誤算だった。面倒だったのか、それとも自分が殺した男の無念が染みついているようで動かすのを嫌ったのか、それによって恵美子は罪を暴かれてしまったのだった。常次郎の無念さが埃の形を取って証言し、坂本に疑惑を持たせ、安藤によって解き明かされてしまったのである。常次郎と恵美子の出会いのきっかけとなったウイスキーが妻の犯罪を暴いたのだから、皮肉としか云いようがなかった。

この一年間ほど、どこかで小さく呼吸しながら坂本の心を蝕んでいたものがやっと消えた。想像していた以上に辛い結末だったが、今は多少は晴れやかな気分になっている。

坂本が冷静さを取り戻すのをしっかりと待ってから、安藤は再び喋り始めた。

「アメリカやメキシコの協力が必要ですが、恵美子さんの犯罪を立証することはできるのではないでしょうか。最大の関門は偽者の常次郎さんが長年恵美子さんと暮らしていたことを証明しなければいけない点です。お二人がずっと住んでいた家から、歯ブラシや髪の毛や衣服を採取して、DNAを確保できれば一番よいのですが、恐らく、最新のハウスクリーニングをしているでしょうから、採取は難しいかと存じます。偽者の常次郎さんのDNAを手に入れることができれば、二〇一八年付近から導入された『家族性DNAテスト』を使って血縁があるかどうかは判別できる、とそちらの方面を専門に研究なさっているお客様からお聞きしたことがございますが、それもできるかどうか怪しいですね」

「そうなんですか。科学の進歩は凄まじいですね。でも、安藤さんも云った通り、恵美子が偽者の常次郎のDNAを残すような詰めの甘さを残しているようには思えないんですよ」

「仰る通りですね。ですから、少し工夫をして、偽常次郎さんの親兄弟のDNAと、本物の常次郎さんの親戚のそれを入手して、『家族性ＤＮＡテスト』を使って血縁かどうかを調べるのがよいかもしれません。そうすると、今お話しした仮説が正しいと証明されるかと存じます」

そういうやり方があるか、と坂本は驚きつつ、安藤の頭のキレのよさに感服していた。過去と現在の展開をきっちりと踏まえていくつもの選択肢を考慮して先を読むというのは、駆け引きに長けた敗けを知らない勝負師のやり方だ。安藤も似たものがあると思った。駄目だった場合の次までもしっかりと考えている。

「恵美子さんと常次郎さんの親類は仲がよくなかったようですし、亡くなった方も多いとのことですから、障害は多いかと存じます。しかし、殺人となれば警察も動くのではないでしょうか。ただ、わたしのこの案を常次郎さんの縁者に提案するかどうかは坂本さんにお任せいたしますが」

「そうですね。僕から警察に伝えるかどうかは少し考えてから決めたいと思います」

「はい。大きな出来事ですから、ゆっくりとお考えになるのがよろしいかと存じます」

話を締め括るようにして安藤が云ったとき、坂本の視界が外へと広がった。国分町から潤み出てきたネオンの明かりが夕方と事件に終止符を打っている。外が昼から夜へと移り変わったのと同様に、たった数十分で坂本の心も変化した気がした。

時間を置こうと安藤に云ったばかりだったが、この数分の間に坂本の心は決まっていた。

警察に伝手のある知り合いに連絡をして、すぐにでも動いてもらおうと心の準備はもう整っている。恵美子のしたことを看過するのは簡単なことだが、常次郎の魂を裏切るのは忍びなかった。それに、フォア・ローゼズという銘酒を代表に、多くのウイスキーを犯罪に巻き込んだことが坂本を義憤に駆り立てていた。かなり面倒なことになるし、坂本は何の得もせずに疲れるだけである。損得勘定で考えれば、無視した方がいい。けれども、こういうときは、頭に訊かないで心に問いかけて答えを出すものだということを坂本は知っていた。

「安藤さん、最後の一杯を飲みたいんだけど、どんなウイスキーがいいですかね？」

「そうですね。同じものが続いてしまって恐縮ですが、フォア・ローゼズのシングルバレルはいかがでしょうか？」

「そういえば、飲んだことがなかったですね」

「厳選されたシングルバレルを使ったものですので、今までとは違った印象を受けられるかと存じます。バニラやシロップのような甘さがございますが、次第にシナモンのような香りが出て参りますので、同じフォア・ローゼズでも違った楽しみ方ができるかと思います」

安藤がそう云って静かな微笑を湛えたので、自分の決意をもう見抜かれているな、と坂本は感じたし、そのことを相手も判っているなと思った。だからこそ、事件についてこれ以上語る必要はなかった。

「それじゃあ、それをロックでお願いします」

「承知しました。ありがとうございます」

他のラインナップとは違って格調高い四角い瓶のシングルバレルを棚から取り、安藤は手際よくロック用の氷を冷凍庫から出して準備を整えた。グラスにシングルバレルを注いで、もう片方には真珠のような丸い氷を入れると、

「お待たせしました。フォアア・ローゼズのシングルバレルでございます」

「ありがとうございます」

坂本は礼を云ってから、まずはストレートで飲んでみた。今まで飲んできたフォア・ローゼズも美味しかったが、これは一段と洗練されていて、何人もの職人が手を取り合って作り上げたもののように感じた。バニラの匂いもあるが、スパイシーさもどこかに潜んでいる。氷にかけてロックにして舌にのせると、さらに華やかな香りが開いて、複雑な味わいが口に広がった。これまでは名前の通り薔薇のイメージ通りの味わいだな、と思っていた。けれども、このフォア・ローゼズにはバラ園よりも広い、山々の花のような壮大さがある気がする。

「美味いですね。安藤さんが云った通り、同じフォア・ローゼズでもまったく違いますね」

「ですよね。これもウイスキーの面白さだと思います」

店内に流れるジャズと、窓を通してかすかに聞こえてくる街の声に耳を傾けながら、ゆっくりとグラスを傾けた。バーテンダーと話をするのもバーの醍醐味の一つだが、夜が途切れた瞬間にだけ感じることができる透明な朝のような澄んだ時間を味わうのもいいな、と坂本は思った。この清廉な沈黙こそが、恵美子の欲望の犠牲となった常次郎への何よりの供養となるだろう、とも思った。

無言ながらも目だけで安藤と話しているような時間が三十分ほど続き、フォア・ローゼズを飲み終えた坂本は、

「お会計をお願いします」

「本日もありがとうございました」

坂本は金を払ってドアに足を向けた。安藤はカウンターからわざわざ出てきてくれて、ドアを開け、

「どうぞお気をつけて。またのお越しをお待ちしております」

安心感を抱かせるやんわりとした安藤の声が坂本の背中にかかった。

『シェリー』を出て階段を下りると、街の色合いから時間がかなり経過していることが判った。昼は陽光が小さな春の花々をビーズにして鏤(ちりば)めて路上を小綺麗な着物にしていたのだが、宵はそれを黒い液体で塗り潰し、薄闇へと沈めている。仙台の空と街が黒い指で

夜のページをめくろうとしていた。

坂本は人気のない薄暗い路上を歩きながら、目まぐるしかった今日の出来事を振り返った。けれども、もう数時間前に見た県庁前の花時計も、学生時代に行ったバラ園も、殺人者のタブレットの中で咲いていたフォア・ローゼズの薔薇も、そして、犯罪者になる前の恵美子の顔も、すっかり遠い過去になっていて、思い出すことができなくなっていた——。

何故、ジョニー・ウォーカーブラックラベルを送ってきたのか？

バーブレンダーに全ての材料と1カップのクラッシュアイスを入れ攪拌します。充分に攪拌されたところで一旦味見をし、シャーベットが緩いと感じたらクラッシュアイスを、味に物足りなさを感じたらレモン果汁、シロップを適量足して味を調えます。
冷凍庫で冷やしたゴブレットグラスに、山になるようにシャーベットを盛りつけます。グラスの縁にマンゴーを飾ってストローを挿したらミントの葉をのせて出来上がりです。
クラッシュアイスは計量後一度冷凍庫に入れて締め直すとシャーベットが緩くなりにくく、滑らかな仕上がりになります。

マンゴーの フローズンダイキリ

材料

ロンリコ151 20ml
マンゴヤン（マンゴーのリキュール）15ml
マンゴー果肉（皮、種を取り除いた状態）70g
レモン果汁15ml
シロップ適量
ミントの葉数枚

一言POINT

材料とグラスはよく冷やしておいてください。

「お待たせしました。こちら、マンゴーのフローズンダイキリです」

先刻（さっき）まで小さな雷のような音を立ててミキサーを操っていた安藤の手が、オレンジ色の氷山が収まったグラスを伊勢（いせ）の前に出してきた。赤いストローと緑のミントの葉、そしてマンゴーの果肉を従えて、オレンジ色の細かな氷山は王のように堂々としている。『シェリー』ではよく見かけるタンブラーに足のついた平凡なものだが、そのありがちなグラスが陽射を装飾にして中身のフローズンカクテルを夏の一コマに仕上げている。

「ここでダイキリを飲むのは初めてですけど、涼し気でいいですね」

　窓際の席に腰を下ろしている伊勢の左の頬には、窓ガラスを容赦なく突き破って射し込んできた真夏の陽が、白い烙印のように捺（お）されている。カウンターに落ちている自分の影も、無数の光の針によって縫いつけられていた。

　しかし、霧に似た冷気を漂わせているグラスに触れ、一口含んだ瞬間、夏に烙印を捺されたような感覚も縫いつけられているような感じも、総てが吹き飛んだ。ベタつかない甘さが舌にしっかりと残り、その上で、ひんやりとした風が口から鼻へ抜けていく。クラッシュされた氷のさくりとした感触も、急流の飛沫（しぶき）を浴びているようで心地がいい。

マンゴーのフローズンカクテルを伊勢は初めて口にしたのだが、云い知れぬ郷愁が体を駆け抜けた。南国風の味と見た目は、仙台生まれ仙台育ちの伊勢には馴染みの薄いもののはずである。また、ダイキリは今となっては多くのバーで出されるポピュラーなカクテルだが、今年で四十二になる伊勢の若いころは、文豪ヘミングウェイが愛飲していた、という憧れの一杯で、なかなか飲む勇気がなかった。ノーベル文学賞作家が愛していたカクテルを自分のようなものが飲んでいいのか、躊躇していたのである。結果、ダイキリは縁遠いものになっていた。

しかし、今日、初めてマンゴーのダイキリを口にしたが、勝手に伊勢が感じていた垣根はなくなった。逆に昔に飲んだことのあるような錯覚さえ覚えた。何故、そんなことが起きたのかと考えたが、一つだけ思い当たるフシがあった。小学校のころに、初めて一人旅で沖縄の祖父母の家に遊びに行ったことがあるのだが、そのときにたくさん食べたのがマンゴーだった。こんなにもジューシーなものがあるのか、と子供ながらに感動し、祖父母が驚くくらい食べた気がする。マンゴーのフローズンダイキリはその味を記憶の奥底から引き揚げ、ちょっとした懐旧に浸ることができたから、ノスタルジックな気分になったのかもしれない。

美味しいという感想と一緒に自分の思い出話をすると、安藤は日溜まりに浮かんだ穏やかな顔で、

「それは素敵な思い出ですね。思い出すきっかけを作ることができて、わたしとしても嬉しいです」

客商売には愛想がつきものだが、安藤にはそういう嘘っぽさがない。本心から伊勢の話に相槌を打ち、言葉通りのことを思っている。伊勢にはそれがよく判った。

安藤は何歳なのか、と初めて来たときに疑問に思った。次に来たときにはそれはさらに膨らんだ。『シェリー』は午後三時から日付が変わるくらいまでやっているが、昼と夜とでは店内同様に彼の雰囲気が変わるからである。

明るいうちの『シェリー』では、大きな窓が陽光をたっぷり店内に流し込み、果実や花瓶の花を主役のように光の筆で描き上げる。バーの主役であるはずの数多くの酒瓶たちは、今は自分の出番ではないと思っているかのようにひっそりと息を潜め、端役に徹している。もちろん、アルコール類は昼間も出しているのだが、眩い光の中にあると、肩身が狭そうに見えるせいか、アルコール特有の夜の翳りが淡い。安藤も店内の明るさに合わせ、目許や顎鬚のあたりの筋肉を柔らかくして、喫茶店のマスターのように振る舞っている気がする。こういうときは、三十代後半のようにも、四十代前半のようにも見え、若さが滲み出ている。

大きな窓が黒い姿見となると、今度は花瓶に活けられた花よりも、バックライトに照らされたウイスキーの瓶たちが主役になって騒ぎ出す。靄のように流れてくる国分町のネオンを味方にして、ウイスキーのボトルたちが我が物顔で『シェリー』を闊歩し始める。夜九時過ぎくらいは二次会で利用する客が多いものの、どんちゃん騒ぎが起こるわけではないし、バーの体裁はちゃんと保たれているのだが、歓楽街の一角であることを思い出させるだけのざわめきが店を支配して、『シェリー』は夜の顔へと変貌するのだった。そのくらいの時間になると、頻繁にテーブルを移動するウイスキーの瓶と同じように安藤もバーテンダーとして忙しなくなり、夜よりももっと暗い色を肌の底に沈めて、途端に夜の住人になる。明るさが抑えられたライトが顔に仄かな陰影を刻み、安藤は一気にバーテンダーとしての貫禄を得て動き出す。こうなると、五十代や六十代のバーテンダーのように熟練しているように見えてくる。接客の丁寧さ、話の受け答えの誠実さは昼とまったく同じだし、どこが違うと指摘できないものの、印象はだいぶ違う。

こういうギャップもまた『シェリー』や安藤の魅力の一つだ。だから多くの客の心を摑むのだろうな、と思いながら、伊勢はフローズンカクテルを口に含んだ。作られてからまだ十分も経っていないのに、煙のような冷気は消え、山になっていたフローズンダイキリが地滑りを起こしている。白い夏の矢が無数に乱れ打たれている窓際の席では仕方ないかもしれない。ただ、味の芯は少し弱まったが、氷が溶けた分、アルコール度が下がって、飲みやすくなっている。甘さと引き換えに、爽快さは増した。

変化した味を楽しみながら、炎天下の外に目を遣った。例年よりも長引いた梅雨が先々週に終わり、仙台の街は出遅れた真夏を取り返すかのように眩しい陽射を受け入れている。今日も朝から光が氾濫していて、車の音や人の話し声よりもうるさかった。夏の光が街に溢れすぎていて、ビルや通りを引き裂いている。気温だけでなく、光までも操って、夏という季節が人々を嘲笑っているかのようだった。

――あと何回、こういう夏を過ごすんだろうな。

毎夜寝苦しい思いをする熱帯夜が続いたときもあれば、夏をスキップして秋になってしまったかのような冷夏もあった。十年ほど前には梅雨明け宣言のない湿った夏もあった。ここで生まれ育ち、一度も引っ越したことのない伊勢が知っている夏の種類は少ないが、体が憶えている。だから、厳しい暑さになろうが、過ごしやすいものになろうが、どれも既視感を覚えてしまって新鮮さがない。夏に限ったことではないが、四十を超えて伊勢が季節に対して抱くのは、砂浜に取り残された青い思い出に似た虚しい感触だけである。

平凡な家庭の一人っ子として育ち、公立校に通い、勉強が嫌だからと大学には行かずに、フリーターをしながら友人たちと遊んでいた。人生の目標、という大それたものどころか、掌に収まるくらいの小さな夢さえも思い描けず、二十五まではどこにも辿り着けないドライヴをしてきた気がする。そして、自由とはやりたいものがあるときには最大の武器になるが、何もない場合は、失うものさえもない、ということの別の表現にしか過ぎないことに気づいた。だが、もう手遅れで、遊び友達が一人、また一人と会社員になっていくに従って、焦燥感だけが増していき、伊勢が本心から取り組んでみたいことがどんどんと実体が摑めない幻になっていた。

それが何なのか判らないうちに、同居している父親が肺を真っ黒にして死に、母もそれから五年後に心筋梗塞で後を追った。取り残されたのは、フリーターから何となくタクシーの運転手になったものの、人生のハンドルを握り切れていない伊勢と、一人には大きすぎる家だけである。

平坦で平凡で平俗な人生を生きてしまっている、と思ったが、もう後戻りはできなかった。伊勢は免許を取るときに、ルームミラーを見て後続車にも注意を払うように、と何度も教官から指導を受けたが、人生も後ろを振り返ることをせずに突き進んでしまった。そして、目標も目的もないまま前へ進んだ結果、虚無に似た手応えのない事故を人生で起こしてしまった気がする。

マンゴーの味を教えてくれた沖縄の祖父母も既に鬼籍に入っていて、縁者はほとんどいない。これまでに付き合った恋人は何人かいたが、不安定なハンドル捌きを嫌うのか、誰も伊勢の車には同乗してくれなかった。また、職場でも乗せた客が喋ればそれに応じるが、それ以外はほとんど口を噤んでいるため、同僚たちと親しくなることもなかった。

長引く不況の煽りを受け、タクシー運転手の懐も寒い。ただ、家はあるし、金を食いつぶすような趣味もない伊勢にとって、自分が暮らしていけるだけの金額であればよかった。

歩合制だから上下はあるものの、生活に困窮したことはなかった。

しかし、ある日、大学に行かずに一緒に連んでいた一人から電話があった。いつの間にか仙台でも有名な商社に入っていたようで、そこで出会った彼女と結婚式を挙げるから、という連絡だった。結婚はめでたいことだし、心の底から、おめでとう、という声を出した。そこで招待状の送り先の住所だけを伝え、電話を切ってしまえばよかった。いけなかったのはそのあとで、昔と同じように無駄話をしてしまい、その中で年収に触れてしまったのである。

同い年で学歴も職歴もそれほど差があるとは思えないのに、年収は自分よりも百万以上多かった。せっかくの結婚式の招待の電話だったので、伊勢は笑って誤魔化したのだが、自分でも気づかぬうちに点いていた嫉妬の炎が、その友人との記憶を焼き尽くそうとしていた。

電話を終えるころには、年収の開きだけではなく、結婚という事実や、勤め先の優劣といった事柄が、伊勢とその友達との間に二度と修復できない亀裂を走らせてしまったことに気づいた。惰性で就職して惰性で結婚するだけだからさ、と云っていたが、その謙虚な言葉すらも、惰性で生活をしている自分を見下しているようにしか聞こえなかったのである。

仕事のない日に『シェリー』を昼間から訪れ、カクテルやウイスキーを飲むようになったのはそれからである。昔からの友人とは飲まなくなったが、代わりに安藤とこうして飲む時間が増えた。砂漠のように乾いた生活に唯一の潤いをもたらしてくれるのが、『シェリー』だった。

ここでカクテルなり、ウイスキーを飲んでいるときだけは、死んだように生きている憂鬱を忘れることができる。変わり映えしない毎日に、ほんの少しの非日常を与えてくれる場が『シェリー』であり、空虚な生活に優しい息吹をくれるのが酒だった。

ウイスキーの語源はゲール語で『生命の水』という意味のウシュクベーハーだったな、と伊勢は思い出した。それがウスケボー、ウイスカ、ウイスキーと転化していったと安藤に聞いたことがある。だとすれば、それを飲むことを生き甲斐にしている自分は、この点においてだけは正答を掴んでいるということになる。人間として失格の烙印を捺された自分が、気づかぬうちにウイスキーに手を伸ばしていたのは面白い偶然だが、今の伊勢には卑屈な笑いしかもたらさなかった。

落ち込んだ伊勢の気持ちを、残り少なくなったマンゴーのフローズンカクテルの甘さが救った。暗い深淵に落ちそうになるところを、瑞々しいマンゴーの旨味が手をさしのべてくれたような気がする。

後を引く美味しさと、暑さのせいで、伊勢はマンゴーのフローズンカクテルを十五分もせずに飲み終えた。充分に堪能したなあ、と思っていると、お下げしてもよろしいですか、と安藤の声がタイミングよくかかった。そして、すっと安藤の手が伸びてきて、空になったグラスを下げた。この間が絶妙だといつも伊勢は思っている。

「何かお持ちしましょうか？」

安藤はグラスを洗い場に置いてから、伊勢に訊いた。

押し売りをされているような悪い気分にはならない。ここで、もうちょっと休んでからにします、と答えても安藤は嫌な顔一つせず、承知しました、と答えるだろう。そのことが判っているから気分を害することがないのだ。

マンゴーの風味に押されていたラムのアルコールっぽさがやっと口の中を漂い始めたので、それに酔っていようかと思ったのだが、伊勢の目があるボトルを拾ってしまった。

上下を金色のラインで縁取った黒いラベルは誇らしげに、斜め右上へと走っている。黒地のラベルには、金色でＪＯＨＮＮＩＥ　ＷＡＬＫＥＲと記され、その下にはＢＬＡＣＫ　ＬＡＢＥＬという文字が白抜きで堂々と刻まれていた。

「ジョニ黒をロックでお願いします」

伊勢の意思ではなく、とある記憶が勝手に言葉を紡いでいた。

今までに伊勢が『シェリー』でジョニー・ウォーカーの黒を注文したことは二度ほどしかない。『シェリー』に週に一度くらい通うようになってから十年近くが経っているが、回数はそれくらいである。だから安藤は驚いたように、穏やかな瞳に小さい波紋を這わせ、伊勢とジョニー・ウォーカーの黒ラベルのボトルを交互に見た。

しかし、それも一瞬のことで、微笑を顔全体に広げ、

「かしこまりました」

背後のジョニー・ウォーカーのボトルとロック用の四角いグラスを手に取り、カウンターに置いた。そして、冷凍庫の中から既に満月のように丸くカットしてある氷を出し、一度グラスに入れた。だが、少しだけ氷が大きかったようで、僅かに氷の頭が出ている。どうせすぐにウイスキーをかけるのだから問題はないのだが、安藤は綺麗に収まるような別の氷を出して、グラスに入れた。そして、グラスと氷の仲を結ぶようにして、首長のスプーンでゆっくりと回した。

ロックというと武骨なイメージがある。乱雑にカットされた氷にウイスキーをかけて終わり、ということも多い。それはそれでハードボイルドのようでかっこいいのだが、『シェリー』のように、ロック用にカッティングされた氷とそこに込められたバーテンダーの熱意を感じながらウイスキーを味わうのもいい。『シェリー』はそういうバーである。

「お待たせいたしました。こちら、ジョニー・ウォーカー十二年、黒ラベルです」

紅茶のような色をしたジョニー・ウォーカーと、ロック用のグラスぴったりに身を収めた氷が伊勢の前に並べられた。すぐにでも白煙に似た冷気を立てている氷にジョニー・ウォーカーをかけてみたくなるが、まずはストレートで味わってみる。

ずいぶんと久しぶりに口にしたが、バランスのいいウイスキーである。十二年以上熟成させたウイスキーをブレンドしているだけあって、アルコールのきつさは感じられず、麦と水、そして自然の風味がぎゅっと凝縮されている気がした。スモーキーな匂いが鼻を掠める一方で、レーズンやドライフルーツのような甘味が舌をなぞる。

「いいですね、ジョニー・ウォーカー。久々に飲むとよさが判る気がします」

蓬髪の間から目を出し、安藤を見ながら簡単な感想を口にした。安藤は、それはよかったです、とにっこりと笑ったあと、

「ジョニー・ウォーカーは、黒、赤、青とラベルの色で呼ばれることが多い面白いウイスキーですね。実は緑もあるんですが、それは何故かあまり有名ではありませんね。少し可哀想です」

そう云って、すぐに安藤は体の位置を少しずらした。伊勢の視線が背後に並んでいるウイスキーへ移ったのを察知したのだろう、様々な色のジョニー・ウォーカーが並んでいる場所が見えるようにした。

「緑は確かにあまり聞いたことないですね。ジョニ赤、ジョニ青、この黒ラベルなんか、昔からジョニ黒って呼ばれてますけど」

目の前のボトルを手に取り、ラベルに指を這わせた。ウイスキーのラベルというとざらついた紙のイメージが強いが、ジョニー・ウォーカーはつるつるとした金属っぽい質感を

していて、最小限の面積で斜め上へと黒く流れている。喪服のような悲しい黒ではなく、黒百合に似た神秘さと気品がある。それも人気の理由の一つだろう。

ラベルの下には瓶の凸凹でジョニー・ウォーカーの代名詞である英国紳士が描かれている。シルクハットを被ってステッキをついている片眼鏡の英国紳士といえば、ウイスキーに詳しくない人でも、ジョニー・ウォーカーを思い浮かべる人も多いはずだ。

「安藤さん。ジョニ黒っていうと、何を連想しますか？」

「こちらのボトルから、ですか……？」

思いも寄らない問いかけだったのか、安藤は顎鬚を触りながら考え、

「価格帯もお手頃ですし、知名度も抜群です。飲み方も、ストレートからロック、ソーダ割りまでこなせる万能なウイスキーだと思います。ですので、逆にこれ、というインパクトはないかもしれません」

「そうですよね。俺もそう思っていて……なら、あのジョニ黒にどういう意味があるんだろうなあ……」

「あの、と仰いますと？」

煮え切らない云い方をした伊勢の声に反応した安藤が、やんわりと問いかける。他の客の対応を見ていても思うが、安藤は訊いてほしいときとそうではないときの判断が抜群に巧い。今回のように、誰かに話したくてうずうずしているときのもどかしい気持ちを、安

藤の熟練した微笑はいつも絶妙に拾い上げてくれる。

　こうなると話しやすい。伊勢は氷にジョニー・ウォーカーをかけ、パキパキという綺麗な音を奏でたあと、

「数日前くらいですかね。うちのポストにジョニ黒が入っていたんです」

「ポストに？」

「ええ。このボトルじゃなくて、二百ミリの小さなサイズのやつですけど」

　伊勢は右の人差し指と親指を使って、小さな幅を作った。よく見かける五百ミリリットルのペットボトルの半分くらいの幅である。それくらいならば、狭いポストの口からでも入れることができる。

　ウイスキーを一本買うと家庭で飲むには多すぎる。しかし、バーではなく自宅で飲みたい。そういう人たち向けに、ベビーボトルとも呼ばれている小さなボトルで販売しているメーカーもある。ジョニー・ウォーカーの黒ラベルも売られていて、簡単に掌に収まるくらいのミニボトルが、安いところで八百円ほどから購入できたはずだ。小さいと云っても、中身はもちろん、ラベルもまったく同じである。

「未開封でしたし、プチプチに包まれていて割れてはいなかったので、被害らしい被害はなかったんですけどね。でも、その茶封筒には一番重要な差出人の名前がなかったんです。どうやら郵便局や配送会社を通したものじゃなくて、直接誰かがうちのポストに入れたも

のらしくて」

伊勢が補足を加えると、安藤は思案顔になり、眉間に蜘蛛の巣のような皺を作って、

「それは気味が悪いですね。そのボトルはどうされたんです？」

「プチプチを解いて、ジョニ黒のミニボトルは初めて見たなあ、と思ってしばらく眺め回しましたけど、飲むことはしませんでした。蓋を開けて、中身を流して、資源物の日に出しました。不気味すぎますからね。もしも、ということがあると思って……」

「それが正解だと思います。つい先日、他のお客様から聞いたのですが、劇物や毒物の盗難、紛失は年間で約十件ほど起きているそうですから」

毒という単語に伊勢は反射的に身構えた。この場でそんなことをしても意味はないし、万が一、送り主が不明のジョニー・ウォーカーに毒が入っていたとしても、口にしていないから問題はない。それに、年間で十件ほどしか紛失していない毒が自分に牙を向く可能性は低い。頭では理解している。

しかし、頭では判らなかった悪意を、心臓が先に読み取ったかのように動悸が高まり、伊勢の胸を波打たせた。毒という強い存在感が、その一文字が釘になって不安を伊勢の心に打ち付ける。数日前に家で感じたのと同じ不安が再び伊勢を襲った。

顔色が悪くなったのを安藤は心配したのだろう、

「申し訳ございません。余計なことを云って怖がらせてしまって」

神妙な面持ちになり、ぺこりと頭を下げた。夏の光が強すぎるのか、それとも自然な老いのせいなのか、安藤の髪の何本かが白くなっているのが見える。丁寧さと同時に安藤の弱さのようなものを見た気がして、伊勢は逆に安堵した。

「気にしないでください。俺も気にしてないですから。こんな悪戯（いたずら）をイチイチ気にしてたらタクシーの運転手なんてやってられないですよ。もっと酷いことをする客はたくさんいますからね」

伊勢はできるだけ軽やかな声で云って、ちょっと乱暴に手を動かして氷の音を響かせ、二人の間に流れた妙な空気を追い払った。安藤も伊勢の気遣いが判ったようで、ありがとうございます、と目だけで云った。

氷が溶けて、ジョニー・ウォーカーの香りが開いてきた。梨のような爽やかな香りが微（かす）かに流れてくる。

安藤の気遣いとジョニー・ウォーカーのお陰だろう、心臓も落ち着きを取り戻した。

「話を戻しちゃいますけど、実は俺と同じような被害に遭った人が近所にいたんです」

「本当ですか？」

「はい。差出人がない点、プチプチで包装している点、そしてジョニ黒のミニボトルも同じのようでした」

「不思議なこともあるものですね。どういうことなんでしょう？」

「俺にもそれは判らなくて……でも、うちを含めて、近所だけで四軒も同じ被害に遭っているんです」

※

空からの烈しすぎる光の雨に打たれ、草木が奔放に茂った庭は白く崩れ落ちそうに見えた。陽はもう空高く昇っていて、伊勢の家から見える仙台市の一隅を白い廃墟にしている。軽石でできているかのような街は、研ぎ澄まされた光の冷ややかな刃によってズタズタに切り刻まれ、砂となって今にも崩れそうだった。

仕事から帰宅したのは朝の四時である。まだ眠気が目に粘りついているのだが、陽射がそれさえも断ち切った。伊勢は眠い目をこすりながら、渇いた咽喉にミネラルウォーターを流し込んだ。今日は公休だから二度寝をしようと思ったのだが、夏はそれさえも許してくれないようである。

仕方ない、と思い、点けっ放しのクーラーの設定温度をさらに下げて、伊勢は布団から起き上がった。一人暮らしになって一階の客間で寝ているのだが、二階の自分の部屋よりも一回り以上大きく、まだ慣れない。そのせいか、自分の家で寝ているという感覚がなかった。

テレビを点けて、時刻を確認した。スマホは仕事を思い出すから嫌なので、伊勢は休日は電源を切っている。

画面の左上には十四時三十一分と表示されている。シャワーを浴びてから寝たのが朝の六時くらいだったと記憶しているから、八時間ほどしか眠っていない。平均的かもしれないが、隔日勤務を選択している伊勢にとっては物足りない数字だった。

隔日勤務というのは、二十四時間働き、二十四時間休む、という形態のことである。といっても、働き詰めというわけではない。途中で三時間ほどの休憩があるから、実際の勤務時間は二十時間ほどだ。それを月に十一回くらい行い、明けの日を除いて五日ほどの休みをもらう。それが伊勢の今の暮らしだった。

辛い生活なのか、それとも楽なものなのか、それを判断することすら伊勢にはできなくなっている。客を目的地で降ろすたびに、伊勢も何かをそこに落としていっている気がする。お陰でタクシー運転手を始めてから、家がやたらと大きく感じられるようになった。両親がいた名残りや、遊びに来ていた友人たちの気配はどんどんと希薄になっている。

暗い目覚め方をした伊勢は、テレビから流れてくる無機質な笑い声に苛立ち、立ち上がって玄関へ足を向けた。電気代の請求書が届くころだと気づいたのである。

玄関を開けると、庇（ひさし）から流れ落ちた真昼の光が、白く濁った水溜まりのようなものを作っているのが見えた。玄関前の飛び石を一つ一つ白く焼き上げているのである。それを踏みながら、伊勢は暑さを避けるようにして、体を素早くステンレスのポストへと捩じった。そして、ダイヤルを回し、扉を開けた。銀色のポストはしばらく溜め込んでいたものを一気に吐き出した。目的の電気代の請求書以外にも、ピザ屋のチラシ、風俗関係のビラ、宗教の勧誘用の冊子——そういった紙屑が零れ落ちた。

迷惑だな、と伊勢が舌打ちをしたとき、その中に妙なものが交じっているのを見つけた。半分に折られたマチつきのA4サイズの茶封筒である。それだけならばただの郵便物かもしれないが、おかしな膨らみ方をしている。中身がパンパンに詰まっているというわけではないが、何かが入っているらしい。

宛名は「伊勢様」となっているのだが、裏には差出人がない。

——何だ、これは。

光の洪水から避難するように家の中へ入った伊勢は、真っ先にその封筒を手に取った。手にした瞬間に、一般的にプチプチと呼ばれている気泡緩衝材が封筒の中に入っているのが感触から判った。

ますます興味が湧いた伊勢は封を開けた。糊付けもセロテープ留めもされていない封筒は、簡単に開いた。

「ジョニ黒……？」

透明なプチプチに包まれていたのは、二百ミリリットルの小さなボトルだった。摘まみ上げるようにして観察すると、通常のジョニー・ウォーカーの黒と同じ形状をしている。瓶の形もラベルも、小さくなっているだけでまったく同じだった。

瓶の蓋は開いていない。コルクではなく、スクリューキャップだが、これも通常の大きさのジョニー・ウォーカーの黒と同じである。ジョニー・ウォーカーは七〇年代からコルクではなく、スクリューキャップにしている。

――新品のジョニ黒……のミニボトル？

送り主にまったく心当たりがなかった。人付き合いがほとんどないので考えにくいが、もしも誰かが伊勢にプレゼントをしようと思ったとしても、わざわざミニボトルを贈るはずがない。仮に贈り物だとしても、それっぽい包装紙に包まれているはずである。プチプチに包んで茶封筒に入れただけでは、素っ気なさすぎると思った。

何より、ちゃんとした運送業者を通していない時点で怪しい。滑らかなジョニー・ウォーカーの瓶とラベルを撫でてから、もう一度、封筒を見直したが、切手も貼られていないし、伊勢の住所も書かれていないし、送り主の名前もない。

――誰が？　何のために？

そう考えた瞬間、迂闊（うかつ）に中身を取り出したのは危なかった、と伊勢は思った。かなり前の話だが、芸能人のところへカミソリ・レターが送られてきた、というニュースを聞いたことがある。封のところに剝（む）き出しのカミソリがついていて、開封すると指を切る、というタチの悪いものだ。

しかし、封筒を検めて見たが、カミソリはない。

——だとすると、このジョニ黒に何か入ってるのか？

ジョニー・ウォーカーの封の部分に目を落としたが、品のある黒いキャップに開けられた様子はない。また、小さな穴があってそこから何らかの液体なり粉末を入れたのではないか、と疑ったが、それもなかった。念のために、瓶の方もじっくりと観察したが、違和感のある場所はなかった。キャップではなく瓶に穴を空け、そこから何かを混入し、もう一度溶接したかもしれない、と怪しんだが、何の痕跡もない。どうやら、正真正銘のジョニー・ウォーカー黒ラベルのミニボトルの新品らしかった。

そこまで考えたとき、伊勢の感覚が、先刻とは違う危険なものを掬い上げた。何の細工もないジョニー・ウォーカーだからこそ、余計に不気味に思えてきたのである。小瓶に入れられた琥珀色の液体が、伊勢の想像を超えた秘密を宿してこの家に存在している——そう想像したとき、真夏だというのに身震いがした。

伊勢の手を離れた二百ミリリットルのミニボトルは、テーブルの上に淡い琥珀色の翳を落としている。磨りガラス越しの烈日がキッチンを襲い、あらゆるものを白く焼いているというのに、その部分だけ、陽射から避けられたかのように色がついていた。

伊勢はこのボトルはすぐに棄てるべきだと思った。こんなものがあると、自分の家だというのに落ち着かない。送り主は誰だろうか、とか、誰がどんな意図でこんなことをしたのか、といったことはどうでもよくなった。今はこの小瓶の中身を流しに棄て、明日の資源物の収集日に出さなければならないと思った。

そう決意した伊勢は、すぐに行動に移した。銀色の流しを伝って排水溝へと流れていくジョニー・ウォーカーは、伊勢が知っている香りを放っていたはずなのだが、何故か今までに一度も嗅いだことがないような気がした。二百ミリリットルなのであっという間に流し終えたのだが、伊勢は蛇口を捻りっ放しにして、五分もかけてその痕跡を消した。不気味なジョニー・ウォーカーの残り香を完璧に消したかったのである。

翌日、伊勢は出勤する前に近所のゴミ捨て場に足を向けた。北四番丁駅と勝山公園の間に広がっているこのあたりは、住所に似合わず静かな住宅街である。道を数本ずらすと深夜でも車通りの多い国道四八号線や愛宕上杉通りに出るが、伊勢の自宅周辺は仙台から抜け落ちたかのような閑静な場所だ。うさぎが店のマークになっているクリーニング屋の前にゴミの集積所があり、木曜日になると缶や瓶やペットボトルを棄てる黄色いボックスが置かれ、金曜日の朝に回収される。

まだ回収車は来てないよな、と思いながら伊勢がそこに行くと、予想通り黄色いボックスがあり、空き瓶や缶、新聞紙に包まれた蛍光灯などが入っているのが見える。伊勢はその中へ穢れたものを手放すようにジョニー・ウォーカーの空き瓶を棄てた。カシャン、という呆気ない音で、十数時間も伊勢を脅かしてきた空き瓶は回収箱に落ちた。

伊勢はほっと息を吐いた。昨日はあの空き瓶が家にあったせいであまり寝つきがよくなかったが、やっと妙な呪縛から解放された気がした。

そのとき、

「伊勢さんちの。久しぶりだねえ」

背中から声がかかった。何も悪いことはしていないのに、安堵した直後で気持ちが緩んでいたせいか、体が跳ねた。

声のした方を振り向くと、貫禄のある初老の男性が立っていた。数軒先の畠山という苗字のオジさんだったはずである。数年ぶりだが、子供のころに何度か遊んでもらった憶えがあるし、夜遊びをしていたときにも叱られた記憶がある。一人暮らしになって近所の人々とは疎遠になりつつあるものの、住んでいる場所は変わっていない。だから昔からの縁は薄っすらとだが確実に残っているのだな、と伊勢は思った。

「どうも……ご無沙汰してしまって……」

頭を下げ、おどおどとしながら畠山に何とか返すと、意外な言葉が戻ってきた。

「伊勢さんちにもそれが届いたのかい？」

畠山は無地の手拭で額の汗を拭いながら、回収箱に棄てられたばかりのジョニー・ウォーカーの空き瓶へと視線を流した。

　その視線と言葉に伊勢は驚いて顔を上げた。

「畠山さんのお宅にも？」

「ああ。一週間くらい前だけども。差出人のない封筒に入って、うちのポストに投げ込まれてたな」

「この瓶とまったく同じものですか？」

　身を乗り出すように訊いた伊勢に、畠山はちょっと戸惑ったようだったが、

「同じだよ、同じ。ウイスキーは飲まないから詳しくは判らんけども」

「それをどうしました？」

「あんたと同じだよ。最近は物騒だからなあ。怖くて飲めなかったから、うちのやつと相談して、そのまま棄てたよ。ゴミ回収の人には悪いと思ったけど」

　ペットボトルや瓶などは蓋を開けて、軽く濯いでからゴミに出すことになっている。伊勢の棄て方が正しい。だが、畠山の気持ちも理解できた。伊勢はまだジョニー・ウォーカーを知っていたし、小瓶に何の異常もないことを確認できたので中身を棄てることができたが、畠山のように回収のルールに違反していると思いつつも、できるだけ危険は避けたいと思うのが人情だろう。

「あの、うちや畠山さん以外にもこれが届いたお宅はあるんでしょうか？」

　つい、好奇心が騒いだ。いや、興味というよりは、小瓶を棄てる直前まで抱いていた灰

色の疑惑が黒さを増して胸騒ぎを起こしている。その恐怖に似たものから逃れるために、自分で動こうと思ったのだった。

畠山も伊勢の表情に合わせ、汗を拭くのを止めた。そして、目に真剣さを加えると、

「お隣の安達さんもうちと同じものがポストに入っていたって云っていたな、そういえば。あと、今井さんのところも」

どちらも伊勢の近所だったし、昔からある家である。詳しい家族構成は忘れてしまったが、畠山と同じくらいの年齢の夫婦がまだ健在だったはずである。

これで自分の家も含め、四軒ものところに、ジョニー・ウォーカーの黒ラベルの、しかも、ポストに入れやすいミニボトルが届けられたことになる。被害が出ているわけではないし、警察に届けるほどではないが、背に冷たいものが走り、悪寒の波となって全身に広がった。

伊勢の顔色が変わるのを畠山は見て取ったのか、

「おかしなこともあるもんだ。警察に相談した方がいいかもしれないなあ」

そう云ったあと、そうだ、と何かに気づいたように、

「小田さんに頼んでみるのはどうだろうね？」

「小田？」

訊き返してすぐ、伊勢はそれが誰を指しているのか判った。

十年以上も前の話になる。近所で一人の女性が刺殺される事件があった。その女性の苗字が小田だったはずだ。一人の息子を持つシングルマザーで、元夫の暴力から何とか逃げ切ったにもかかわらず、不幸にも運命の凶刃に倒れたのだった。

当然、元夫が疑われたが、アリバイがあったのと大型ナイフに付着していた指紋が一致しなかった。被害者が犯人を家に上げていたので、顔見知りの可能性が高い、ということになり、その線で捜査は進められた。だが、有力な容疑者が浮かばず、迷宮入りになったと伊勢は記憶している。

「小田さんの息子が刑事になったのは知ってたっけね？」

「いえ、知りませんでした。刑事になったんですね」

伊勢が小田と会ったのは、葬式の席が最後だった。高校生らしくニキビが目立つ幼さがあったが、小田は気丈に振る舞って、涙一つ見せずに葬儀をこなした。親類のサポートはあったが、喪主の挨拶も声を震わせることなく、淡々とこなしていた気がする。それでも、火葬炉に入っていく棺桶を見送る小田の背中は痛々しく、伊勢の若い同情だけではどうすることもできない冷酷な現実に向き合っていた。

「その、小田さんの息子さんは今はどこの警察署にいらっしゃるんですか？」

「小田さんちの子は仙台中央警察署にいるはずだよ」

県外ならばすぐには動けないな、と思ったが、市内だとすれば話は別だ。

「ありがとうございます。ちょっと相談してみます」

そう告げると、畠山は、一人で大丈夫か、一緒に行こうか、と心配してくれたが、伊勢は丁重に断った。犯人に迫るわけではない。刑事に相談するだけだ。

礼を云って自宅へ戻ると、職場に、少し遅刻するという連絡を入れてから、仙台中央警察署に電話をかけた。愛想の悪い刑事は、煙草の煙が漂ってきそうな声で、小田はいないと云った。どうやら遅いお盆休みを取って、古川市の母方の祖父母の家に行っているらしい。それなら休みが明けたら自分の携帯に電話をしてくれ、と言伝を頼み、伊勢は話を切り上げた。小田の携帯の番号を訊いて、電話しようかと思ったが、目に見える危険が迫っているわけではないし、せっかくの休みを邪魔するのは悪いと判断したのだった。

三日後、伊勢は小田の家の前に立っていた。それなりの資産家である彼の祖父母が、二十年以上前に愛娘と孫のために一軒家を建てていたのだった。昔ながらの白い土塀から西洋風に作り替えた塀を蟬時雨と光の驟雨が飲み込んでいる。

二十九になるという小田は顔から腕まで健康的な小麦色をしている。職業柄だから仕方ないことだが、右側だけを不自然に日焼けしている伊勢とは大違いだったし、がっしりとした体軀はいかにも現役の刑事という感じがして、中年太りが始まった自分とは違うな、と気後れしてしまった。

しかし、応接間で冷えた麦茶を出しながら、

「概略は畠山さんからお聞きしました。妙なことが起きているみたいですね」

努めて明るい声で云った小田に伊勢は好感を持った。母親が殺されたときも立派に喪主を務めていたが、それがさらに研ぎ澄まされ、そのまま真っ直ぐに大人になったような気がする。

「うちを含めて、四軒ですからね」

麦茶を一口飲んでから、伊勢は答えた。年齢差を考えればもっと砕けた口調でもいいと思ったが、現役の刑事を目の前にして、つい改まったものになった。

「皆さんのお宅に未開封の……ジョニー……何でしたっけ？」

「ジョニー・ウォーカーのミニボトルですね」

「すみません、僕はウイスキーを飲まないので」

小田はウイスキーに詳しくないのか、そう謝ったあと、

「それがポストに入っていたんですね？」

念を押すように訊いてきたので、ええ、と伊勢は答えた。

うーん、と小田は瞳に刑事の鋭さを湛えて、考え始めた。黒塗りのダイニングテーブルの上で真昼間の光が遊び、殺風景な室内を白色で飾っていた。均等に日焼けした小田の両手と、中途半端に日焼けした伊勢の右手がテーブルの色よりも濃かった。

やがて小田は両手を組んで、

「他の方にも訊いたんですが、伊勢さんには何の被害もなかったんですね？」

「ええ。すぐに棄てましたから」

「このボトルが入っていたという茶封筒はどうしました？」

適切にデザインされたような確かな眉と唇の線は刑事らしいそれだった。伊勢を疑っているわけではないだろうが、清潔そうな白いワイシャツをきっちりと着ている分、表情に滲んだ刑事らしさが目に迫ってくる。

伊勢は一拍、間を置いてから、

「棄ててしまいました。今考えると、重要な証拠だったのに……」

「そうですか。いえ、お気になさらず。それは仕方ないことです。誰でもそうするでしょうから。他の皆さんもそうしたようですし」

「空き瓶も回収されてしまって……あのとき、空き瓶だけでも保管しておけばよかったですね」

今にして思えば、軽率な判断だった。畠山と立ち話をしたあと、伊勢は一度自宅に帰ってから、仙台中央警察署に電話をかけた。しかし、そのときは小田と話すことだけを考えてしまっていて、空き瓶は放置したままだった。電話を切ったあと、空き瓶を手許に残しておくべきだと思って収集所へ向かったが、もう回収されてしまっていた。

伊勢自身は気づかなかったが、肩を落としたのを見て取ったのか、小田は励ますように、

「瓶が残っていたとしても、そこには何も手掛かりはなかったと思いますよ。ここまで準備している犯人がうっかりと証拠を残すようなことはしていないでしょう」

「そう云ってくださると救われます。それにしても、犯人は一体、何をしたかったんでしょうね？」

するると、伊勢に合わせて小田も首を傾げ、

「四軒ものお宅のポストにウイスキーを入れる——今までに聞いたことがない事例ですね」

「素人の考えで申し訳ないですけど、毒が入ってたってことはないですか？」

幼稚な発想で恥ずかしかったが、小田は真摯に受け止めるように微笑を広げた。

「僕も考えましたが、その可能性はないかと思います。一番初めにウイスキーがポストに入っていたのは今井さんのお宅とのことでしたね？」

「そう聞いています」

「今井さんのお宅のポストにウイスキーが入っていたのは今から三週間ほど前のことです。もしも、そこに毒が入っていたとしたら、それ以前にどこからか盗まれたことになります。しかし、全国の警察署にあたってみましたが、そういう届け出はありません。また、例えばシロアリ駆除のために使われていた昔のヒ素を、犯人がウイスキーに混入したとも考えられなくはないですが、この線も薄いと考えられます。八十年代後半にヒ素は使われなく

なっていますし」

流れるように云い、小田は麦茶で咽喉を潤した。熱っぽい声には若さが滲み、グラスを持つ手には力強さがある。光によって白く斜めに切られているが、日焼けした手にはそれを撥ね退けるような強靭さがあり、刑事らしさが覗いた。

小田は半分ほどまで麦茶を飲むと、

「伊勢さんはどうお考えですか？　毒入りじゃなかったとすると、犯人の狙いは何だとお思いですか？」

「あれから考え続けているんですけどね、見当もつかないです」

「そうですよね。僕もお手上げです。不破さんがいれば……」

小田の厚い唇から初めて聞く名前が零れた。

「不破さん、というのは？」

「二年前に退職した僕の上司だった人です。今回のようにウイスキーが絡んだ事件を担当したことが何度かあったみたいで」

「何度も、ですか？」

「はい。ウイスキー好きということをずっと隠していたみたいなんですけど、最初にそういった事件を担当したあとにそれが判ったんです。その後も、好かれているのか、それとも嫌われているのか、ウイスキー絡みの事件を何件か担当してて。それで僕らの間では、事件でウイスキーに出くわしたら、不破さんに相談する、というのが暗黙の了解になってたくらいです」

　冗談めかして小田が云った。不破という先輩刑事の面影を思い出すように視線をそらし、伊勢ではない何かを見ている。そのちょっとした隙が刑事らしい厳めしい仮面を剥ぎ、まだ二十代の青さを漂わせた。

　こういう顔もあるんだな、と親しみを持ち、

「不破さんが現役だったら、すぐに解決してくれそうですね。ただの悪戯だったとしても、ウイスキーを利用して人に迷惑をかけたのは許せない、と云いそうです」

　先刻の小田を真似て、伊勢も冗談めかして云った。すると、小田は寛いだ雰囲気を出して、

「それは云えますね。不破さんは興味を持つと上司の注意を聞かずに自分で動いていましたし」

　生きた本物の青年の目になって小田は云った。不気味な事件ではあるが、深刻に考えすぎてもいけない。軽視するでも重視するでもない方が、この奇怪な謎も解けるはずだ。伊勢も小田もそのことを忘れかけていたが、やっと解決への最短経路を見つけた気がした。

「我々刑事が公に動くことは難しいですが、上司と掛け合ってみて、独自に捜査をしてみます。手がかりが少ないので、犯人を捕らえられるか判りませんが、協力してくれる仲間

と一緒に調べてみます。殺人や強盗みたいな大きな事件を解決するのも大切ですけど、警察官の原点は皆さんに安心して過ごして頂くことですから」

伊勢は小田の言葉を聞きながら、安心が深まっていくのを感じていた。刑事は偉ぶっているだけで何もしてくれない、という勝手なイメージがあったが、それは誤りらしい。少なくとも小田やその仲間たちは違うと思った。

和んだ空気に促され、伊勢は、

「門前払いを受けるんじゃないか、と思っていたので、そう云ってもらえるとありがたいです。刑事さんっていうと、小説やドラマだと冷たいイメージがあったので」

云ってしまったあと、失礼すぎたかもしれないと伊勢は後悔したが、小田は無邪気に破顔し、

「伊勢さんだけじゃなくて、どうやら皆さん、そうお思いのようで。確かに上司や先輩の中には、たくさんの犯人を検挙して手柄を挙げて昇進することが目的、という人もいます。でも、こんなことを云うと偽善者っぽいですけど、僕や仲のいい刑事は市民の皆さんに不安なく暮らしてもらうのが一番だと思ってこの職業に就いています。ですから、今回のご相談事にも真摯に取り組ませて頂きますよ。伊勢さんを始め、皆さん、不気味に思っていらっしゃるでしょうから」

「ありがとうございます。そうしてもらえるとこっちとしても、安心して生活できます」

少なくとも自分が二十代のころには持てなかった、頼もしい言葉を聞けて伊勢は胸を撫で下ろした。

ずっと心の奥に熾火（おきび）のように燻り、伊勢を不安がらせていたものが小田と会うことで鎮まった。あの一件以来、玄関や窓の戸締りをしっかりし、カーテンも閉め切って見えない怨念のようなものと格闘していた。だが、やっとその窮屈な生活から解き放たれるかと思うと伊勢は嬉しくなった。実害は出ていないものの、よい心地はしなかったのも事実である。

肌に騒がしかった光も、平穏になった伊勢の胸中を写し取り、二人のいる部屋を鞣（なめ）すように和らいで流れている。殺風景に見えた部屋だったが、その光のお陰でダイニングテーブルや本棚や箪笥といった家具が息を吹き返し、生活感を持って浮かび上がった。外には煌めく熱砂のような光が漂って荒廃して見えるが、この部屋だけは別だった。そのことに伊勢は安心し、小田に礼を述べて家を辞した。

※

数分前までは、いかにも夕立を運んで来そうな入道雲が西の空に浮かんでいたが、それは夏が作り出した虚勢で、今は夕暮れに敗けてただの霞（かすみ）のようになっている。その薄い雲でさえも、入陽の眩しさに驚いたように蒼褪め、狼狽しながら紫色で空に漂っているように見えた。

「その後は何もなかった、ということですね？」

確かめるように安藤が訊いた。

伊勢は氷が半分ほど溶け、淡い金色になったジョニー・ウォーカーを揺らしながら、

「そうです。僕のところを最後にしてジョニ黒がポストに入れられるということはなくなったみたいですし、捜査にも進捗はないようで、結局小田さんからは犯人の目星がついたという連絡はありません。といっても、あれから一週間くらいしか経っていないんで、これからまた起こるかもしれませんけど。小田さんは上司に報告して、それなりに動いてくれているようですが……」

薄まったジョニー・ウォーカーを口に含んだ。クーラーが効いていて快適なのだが、氷とジョニー・ウォーカーは一日の最後の光の餌食となって、温くなり始めている。

事件に対する伊勢の熱意のようなものや見えない犯人への恐れも、同じように薄まってきていた。ポストにジョニー・ウォーカーが入っていたときの驚愕と、その後の体験したことのない恐怖は確かにあった。だが、小田に任せたときには既に薄らいでいたし、こうして安藤に話を聞いてもらったお陰で心が軽くなったのが判る。

どうしてこんなことが起きてるんだろうな、とまた首を傾げたとき、

「差し出がましいようですが、お手伝いいたしましょうか？」

安藤の声なのに内容が現実離れしていたので、伊勢はすぐには言葉の意味に気づかなかった。

「今、安藤さん、何て？　もしかして、どうしてこんなことが起こっているのか判ったんですか？」

「はい。伊勢さんがとてもご丁寧にお話ししてくださったのでよく判りました」

「それなら……是非とも伺いたいです」

「承知いたしました。実は既にわたしの方で用意しておりました」

先刻と同じくらい意表を突く言葉に伊勢は驚きつつも、夏の夕暮れのような穏やかな安藤の表情を見ていると、本当に謎を解いてくれそうな気がした。

「伊勢さんたちが体験なさった不思議な出来事の背後には、実は大きな目的が存在しているとわたしは思いました。事件、とも云えるものだと存じます」

「子供の悪戯ではなかった、ということですか？」

「その通りです。これはただの悪戯ではなく、事件に似たものではないかとお話を伺っているうちにわたしの想像は膨らみました」

声は瑞々しいが、中身はかなり物騒なものだし、事件と云われると伊勢は次第に怖くなってきた。薄らいでいた恐怖心が戻ってきた。

「誰を……誰を狙った事件なんですか？　被害者は誰なんですか？　いえ、その前に誰がこんなことをしたんですか？」

事件性があると知った伊勢は及び腰になり、ざらついた声で何とかそう云った。

「先ほどは総てが判ったかのような偉そうなことを云ってしまいましたが、犯人を特定するには情報が足りません。ご期待させてしまったら申し訳ありません」

安藤は背を伸ばして丁重に頭を下げてから、

「憶測だけの推理をすると取り返しのつかないことになりそうですので、判っていることのみから、事件の全貌を想像いたしました」

一聴すると気弱な発言に感じられる。しかし、この慎重さが逆に犯人や事件の全体像は完全に摑んでいるのではないか、と伊勢に思わせた。

「わたしが気になったのは、どうして犯人がジョニー・ウォーカーの黒ラベルを選んだのか、でございます」

「うーん。別にジョニ黒じゃなくても、ミニボトルならよかったんじゃないかな、と僕は思ってますけど、違うんですかね？」

「仰る通り、通常のボトルではなく、ミニボトルであればジョニー・ウォーカーの黒ラベルにこだわる必要はなかったと存じます。それはあくまでも、ポストに入らないからなのではないでしょうか」

「単なる大きさの問題ってことですか？」

安藤は夕陽を浴びた横顔を動かさずに、はい、とだけ静かに返事をし、

「通常のボトルが家の前に置いてあったら、普通は怪しすぎて誰も手に取りません。即座に警察に報せが行くケースがほとんどだと想像いたします。犯人としてはそれは避けたくてミニボトルにしたのだとわたしは考えました」

「ちょっと待ってください。じゃあ、どうしてジョニ黒で統一したんです？　今までの安藤さんの推理を聞いていると、ジョニ黒のミニボトルじゃないといけなかった理由があるようでしたけど。でも、ジョニ黒で統一すると目立ちすぎませんか？」

「伊勢さんのご指摘の通りです。とても目立ってしまいます。しかし、それでも犯人がジョニー・ウォーカーの黒ラベルを選んだのは、ラベル、及びデザインが犯人にとって最も好都合だったからなのではないでしょうか」

オレンジ色の夕陽が足許に切りかかり、安藤は柔らかくも淡々とした声で言葉を編んでいる。

「では、どうして犯人はジョニー・ウォーカーの黒ラベルで統一したのでしょうか。その理由の一つはバラバラのものにすると、犯人の本当の目的が発覚しやすくなるからだと存じます」

「本当の目的？」

「はい。犯人にとっては、ジョニー・ウォーカーの黒ラベルが一番好ましかったと思われます。一方で、妥協しようと思えば他のウイスキーのミニボトルでもよかったのだと思います。しかし、そうすると、ウイスキー、もしくはボトルだけに注目が集まってしまいます。ですから、ジョニー・ウォーカーの黒ラベルに揃えることで、ボトルに意味がある、という本質から世間の目を逸らせようとしたのではないでしょうか」

伊勢の頭に疑問符が無数に浮かんで、小さな虫のように思考を蝕んだ。今の話の流れならば、犯人は真の目的を隠すには伊勢が指摘したようにジョニ黒以外のミニボトルを交ぜた方がよかったのではないか。伊勢の心にはもやもやとしたものが漂ったが、安藤がまだ鞘に真剣を仕舞い込んでいるような気がして話の続きを聞くことにした。

「少々、混乱させてしまい、申し訳ありませんでした。もっと端的に説明させて頂くと、ジョニー・ウォーカーの黒ラベル以外のミニボトルでも問題ないのですが、犯人の目的を達成するにはそれが一番よかった、ということでございます」

「となると、犯人の目的というのが俄然気になってきますね」

「突然ポストにミニボトル入りの封筒が投函されていたので、伊勢さんや他の方々は同じ行動をとられました。つまり——」

「気をつけながらも封筒を開ける、ということですよね？」

「その通りでございます。その後は先刻もお話ししてくださいましたが、怖くて飲めずに棄てるのがごくごく当たり前の反応だと存じます。空き瓶も不気味ですから、翌日の資源物の日にお棄てになった」

　こくり、と伊勢は頷いた。こんな確認作業に何の意味があるのか、判らなかった。

「中身を流さずに棄てた人もいらっしゃるようですが、犯人にとってはそれでもよかったのだとわたしは考えました。ゴミを棄てるときは瓶を空にすべきですが、今回は事情が事情ですので、そうなさった方々のお気持ちも判りますから。しかし、それもまた犯人の思惑通りでございました。ジョニー・ウォーカーの黒ラベルのミニボトルをその家の住人に手に取らせ、資源物の日に出させる。それだけが犯人の最初の目的だったのです」

「最初の？　ということはその先があるっていうことですか？」

「仰る通りでございます。ミニボトルを伊勢さんを始めとした標的の家のポストに入れたのは、目的を達するための手段に過ぎません。そのあと、とあることを犯人はしたかったのでございます」

　標的、という不穏な単語に伊勢はまた怖気（おぞけ）を覚えた。見えない犯人が自分の背中にぴたり、とくっついているような気持ち悪さがある。

　それに安藤も気づいたのだろう。微笑を広げて伊勢を安堵させるように、話を紡いだ。

「ご安心くださいませ。伊勢さんたちには何の被害も出ないとわたしは思っておりますから。ただ、犯人に篩（ふるい）にかけられたのは事実だと思っております」

「篩というと?」

「伊勢さんたちは犯人が用意した一種の試験のようなものを受けさせられたのです。その後の展開を拝聴しますと、どうやら伊勢さんも、他の三人もめでたく不合格だったようでわたしもほっとしておりますが」

「不合格? それは僕らが犯人の標的ではなかった、ということですか?」

「もしも、合格だったら、誰かの人生が大きく変わっていたのではないか、と存じます」

安藤の穏やかな口調は、夕から夜へと目まぐるしく変わっていく外と違って変化はない。ただ、人生が大きく変わっていたのではないか、という言葉に、一筋の冷たい汗が伊勢の頬を伝った。ぎょっとした、というのもあるが、それ以上に、このおかしな出来事が起きてからずっと膿のように体の中に溜まっていた嫌な予感が、やっと姿を現した気がしたのだった。

「でも、どうして犯人は標的の人間を探しているんです?」

「動機は一種の復讐なのだとわたしは考えました。犯人はその標的を見つけるためにこんなことをしたのだと思います」

「ということは、一歩間違えれば殺人さえも行われていたかもしれない、ということですか?」

さすがに安藤も唇を軽く噛むような顔つきになり、

「はい。今回の犯人が暴走した場合はそうなっていたのではないか、と想像いたします。しかし、犯人がよっぽど感情的にならなければ、平和的に解決をすると存じますが」

伊勢の頭には殺人という単語は浮かんでいたが、実感になっていなかった。けれども、安藤からの説明を受けているうちに、やっぱり危ないことだったのだ、という感覚が心に染み出てきた。

最悪の想定である。あの瓶の中身には毒は入っていなかったようだが、犯人はやはり人の命を奪おうとしていたのだ。しかし、安藤の云う、篩と復讐という二つの単語の意味が咀嚼（そしゃく）できず、異物のように伊勢の胸を転がり続けている。

「物騒な話を急にしてしまいましたので、伊勢さんも戸惑っていらっしゃると思います。わたしの説明が下手で申し訳ありません。どうして犯人がジョニー・ウォーカーの黒ラベルをポストに入れたのか、最も重要な点をご説明させて頂きます」

丁寧に断りを入れたあと、安藤は今までよりもゆっくりと話を再開した。

「犯人はミニボトルを伊勢さんたちのお宅のポストに入れました。皆さんはそれを開封して流したり、そのまま資源物としてお出しになりました。何事もなかったのでこのまま済ませてもよいのですが、やはり何故こんな奇妙なことが起きたのか、気になるのが普通かと存じます。つまり、犯人の狙いは結局何だったのか、という点でございます。それを知るためには、ゴミとして出されたミニボトルがどうなるか考える必要があります」

「その先というと、回収車がボックスの中身を収集しますね。それが何か重要な意味を持つんですか?」

「いえ、実はその前の段階で犯人は動いていた、とわたしは推察いたしました。犯人は回収車が来る前に、伊勢さんたちが棄てた瓶を持ち去ったのでございます。ここにジョニー・ウォーカーの黒ラベルのミニボトルでなければならない理由があったのではないでしょうか。何故なら、回収車が来る前に犯人がボックスをチェックすれば、今週そのボトルを送った家から出されたものだ、ということが判りますから。ジョニー・ウォーカーの黒ラベルは優れているがゆえに、一般的なウイスキーでございます。けれども、清涼飲料水の缶やビールに比べるとゴミに出される可能性はかなり低いですし、さらにミニボトルとなると、資源物に出される可能性は限りなくゼロに近いと存じます。ですから個人を特定するには適しています」

「しかし、それならジョニ黒じゃなくても……」

「そう考えるのが一般的ですし、わたしも最初はそう思いました。けれども、伊勢さんのお話を拝聴しながらここに並んでいるジョニー・ウォーカーの黒ラベルを見たとき、ある特徴に気づきました」

「ジョニ黒の特徴ですか? 万人受けする味、飲み方を問わない銘柄、比較的安いウイスキー。こんなところだと思うんですが」

「さすが伊勢さんです。わたしもお客様にジョニー・ウォーカーの黒ラベルをお勧めする際、そのように説明することが多いです。しかし、犯人は今回の事件で、別の特徴を利用したのでございます。もう一度、このボトルを手に取ってご覧くださいませ」

安藤の白く浮き立った指先が、伊勢の正面に置かれているボトルを示した。伊勢は安藤の云うままに、もう一度、ジョニー・ウォーカーを手にしてみる。

斜め右上に伸びた黒く紙っぽくないラベルの滑らかな手触り、瓶に変化を加えて描かれた英国紳士――どれも見慣れたものばかりだった。どうして安藤が改めて見てください、と云ったのか、伊勢には判らなかった。

「犯人がジョニー・ウォーカーの黒ラベルを選んだ理由はたった一つでございます。それはラベルの形状です。正確に申し上げると、形状とその面積の小ささです」

「ラベルの形状？　面積の小ささ？　この何の変哲もないものが犯人には必要だったんですか？」

「はい。多くのウイスキーのラベルはざらついた紙でできています。しかし、ジョニー・ウォーカーの黒ラベルは違います。そして、そのラベルの面積も狭く、ガラスの部分が広いのが特徴の一つでございます。だからこそ、犯人はこれのミニボトルを使ったのです」

「まさか……そんな理由で？　どうしてそんなことを――」

云いながら、伊勢はもう一度、ジョニー・ウォーカーのラベルを微かに震える指で撫でてみた。滑らかなラベルと、ジョニー・ウォーカーのガラスが指に吸いついてくる。しかし、それが何を意味しているのか理解できなかった。それでも安藤は伊勢に気を遣ったのか、お気づきになったかもしれませんが、と前置きをして、

「ざらついた、面積の広い紙では駄目で、滑らかな金属やガラスならばよかった理由を考えてみると犯人の狙いは一つしかございません。伊勢さんたちが廃棄したミニボトルをゴミ棄て場から持ち去ったあと、犯人は目的のものを入手していたのです。それは指紋です」

「指紋……？」

傾いた太陽が力を振り絞るようにして、渾身の光で夕闇を割った。光の切っ先が横顔を掠め、伊勢はやっと冷静に事件を整理することができた。安藤の云う通り、こんなおかしな真似を連続で行った犯人の目的は指紋しかない。

「わたしも触ったものに指紋がついているかどうか気を配るのは、本来は犯人がやることだという思い込みがございました。ところが、今回は被害者である伊勢さんたちの指紋の方が狙われたのです。指紋イコール容疑者、という先入観があるせいか、わたしも最初はどうして犯人がこんなことをしたのか、見当がつきませんでした。助けてくれたのは、ジョニー・ウォーカーのトレードマークのこの英国紳士かもしれません」

安藤は伊勢の緊張を解すように、冗談をふくんだ声で云った。伊勢の頬も、やっと自然

に綻んだ。

「犯人の狙いが伊勢さんたちの指紋だったと考えると、何故、ジョニー・ウォーカーの黒ラベルのミニボトルを使ったのか、お判りになったと思います」

「元警察関係者がニュースで、指紋は大抵のものから採取できるけど毛糸や布製品、加工された革などからは指紋が検出されにくいと云っていたのを思い出しました。でも、逆にガラス類や表面が滑らかな金属からは指紋が容易に採れるものだとも云っていましたね。ジョニ黒はまさに指紋を採るには打ってつけだったたってことですね。ただし、ただのガラス瓶だったら、回収ボックスに紛れ込んだとき、どこの家のポストに入れたものだか判らなくなっちゃう。誰の指紋か不明になってしまうのは犯人としては困りますけど、ジョニ黒のミニボトルは滅多に見かけないですもんね」

「伊勢さんのご明察の通りでございます。最初の一週間はこの家、次はここ、その次は……と繰り返してボックスに棄てられている瓶を回収すれば、ボトルに触った人物の指紋が確実に採取できます。あのなかなか見かけないミニボトルは、いわば他の資源物と峻別する目印だったのだとわたしは結論づけました」

伊勢は何度も安藤の言葉に顎を動かして同意したが、今度は別の疑問が生じた。

「でも、安藤さん。犯人は何のために指紋を集めたんです？」

安藤はもう一度声に糸を張り巡らせるように緊張感を持たせ、

「幸いにもわたしは事件に巻き込まれたことはございません。お客様の中には警察の関係者の方もいらっしゃいますが、具体的にどのような捜査をなさっているかお聞きしたことはありません。ですので、一般的な認識しか持っておりません。ですが、伊勢さんの体験談を拝聴していると、これは普通の事件とは逆だな、という印象を受けました」

「逆、というと?」

「何らかの事件が起きてからですと、嫌疑をかけられた方々は指紋の提出を要求されますし、被疑者になって身柄を拘束された場合は従わなければなりません。しかし、容疑者にもなっていない方々から強制的に指紋を採取することは憲法違反ですから、行われないと存じます。わたしも警察の厄介になったことはございませんし、指紋を提出したことはありませんので恐らく登録されていないと思います。それが一般的ですから。しかし、そういった背景があるからこそ、今回は事件らしい事件を起こさず犯人は指紋を採りたかったのだと思います。犯人にとっての事件はかなり昔に起きていて、今回の騒動を利用して手に入れた指紋と、過去の事案で採取されたそれを照合したかったのではないでしょうか」

安藤の声が精密な織機のようになって、一つの織物を紡ぎ終えたかと思えば今度は別の謎を織り上げる。やっと犯人の狙いが自分たちの指紋だったことを理解したというのに、それが何を意味するか考える暇を与えず、安藤は真相に迫る推理を伊勢の心に縫いつけた。

「安藤さんの云う通りだとすると、犯人はもう憎いやつの指紋を持っているわけですよね？　どの事件と照合したかったんですか？」

「仙台市は百万都市ですし、国分町に近い当店にいると頻繁にパトカーのサイレンを耳にいたします。しかし、わたしが住んでいる近所では大きな事件はそうは起きておりません。伊勢さんのご自宅の近くもそうなのではないでしょうか？」

「そうですね。なかなか大きな事件なんて……」

そこまで云った瞬間、伊勢は、あっ、と声をあげた。唐突に思い当たったはずなのに安藤はそうなることを見越していたかのように微笑して、伊勢の次の言葉を待っていた。

「殺人事件がありました。うちの近くで。あれは……十年以上前のことかな。女性が殺されたんでした」

「十年以上前というと古いと感じてしまいますが、もうそのときには指紋のデータベースはできておりました。警察関係者の方からお聞きしたことがあるのですが、昭和六十三年には全国を繋ぐ指紋のデータベースが構築されたそうです。伊勢さんは、十数年前の殺人事件については指紋は検出されていたと仰っていました。ということは、そのデータは残っていると存じます。事件後に警察はそのデータを犯人逮捕への足がかりにするつもりだったと考えられます。しかし、該当する人間がおらず、迷宮入りになってしまいました。事件当時に周囲にいた人間全員から指紋を採取することは不可能ですし、先ほども申し上げた通り、基本的には身柄を拘束される段階まで行かないとそれは認められておりませんて」

「それで僕を含めた近所の人たちの記憶からも薄れていったんですね。しかし、一人だけ執念深く事件を追っていた人間がいたんだ。犯人に繋がる唯一の証拠、指紋を頼りにして」

「ご推察の通りでございます。ですから、犯人だったかもしれない方々の指紋を自分で集めることにしたのです」

氷が溶け、すっかり水割りになってしまったジョニー・ウォーカーを一口飲みながら、伊勢は考えを巡らせた。そして、犯人を絞り込めることに気づいた。

答え合わせをするように伊勢は安藤に向け、

「犯人の条件の一つは、過去の殺人事件をよく知っていた人物ですね。少なくとも誰が容疑者か知っていなければならない。昔からうちの近所に住んでいた人です。第二の条件はジョニ黒を回収できる人ですよね。資源物の日、回収車が来る前にジョニ黒の瓶を持ち去ることのできる人物」

そこまで云ったとき、伊勢は回収日に祖父母の家に行くと云って仕事を欠勤していた犯人のことを思い出した。あれは真っ赤な嘘だったのである。犯人は古川に行ったのではなく、人気がなくなったときに伊勢がゴミとして出したジョニー・ウォーカーの空き瓶を回収したのだ。

伊勢は氷水を浴びせかけられたような寒気を覚えながら、先を続けた。

「そして、一番重要なのは指紋のデータベースにアクセスできるかどうかです。こうなると、もう一人しかいません」

「はい。伊勢さんのご想像の通りだと存じます」

「十年以上前の殺人事件の真犯人を自分の手で検挙すること。それが今回の事件の犯人の目的だったんですね……」

「その通りでございます。警察官になっているということは、合法的に真犯人を裁きたいと思っているのだと存じます。わたしはそう信じたいですし、そうであってほしいと願っております」

安藤は笑みを消して、夜に傾き始めている空に目を向けた。夏の夕暮れのフィナーレだというのに、西の天空は真っ赤に燃えるのではなく、不気味な狐色をして不安げに一日を終わらせようとしていた。伊勢の手許の薄まったジョニー・ウォーカーは、今の空の色と同じくくすんだ狐色をしている。それは拭い切れない不安の色だった。

すると、安藤はくるりと体を捻って伊勢と視線を合わせると、

「警察官になったのは彼の気高い決意の証だとわたしは捉えました。警察官にならなくても、違法な手段によって真犯人を見つけることはできたはずです。けれども、法に則って真犯人を見つけることを選びました。こんなおかしなことに巻き込まれると、怖くなって

しまうのが当然かと存じますが、今回の件については彼に総てを任せてもよいのではないでしょうか。彼は理性的に判断し、私怨による暴力よりも公的な裁きを選ぶとわたしは信じております。それに、こちらの紳士もそのようにした方がよい、と先ほどからわたしの耳許で囁いておりますから」

「え？」

安藤の指先がジョニー・ウォーカーの瓶を指していることに気づいたものの、その真意が摑めなかった伊勢の口から、間の抜けた声が漏れた。

「ジョニー・ウォーカーのボトルを少々、お借りしてもよいでしょうか？」

伊勢は安藤の意図が判らないまま、はい、とだけ答えた。すると、安藤は目を細めてジョニー・ウォーカーのラベルをじっと見て、

「この英国紳士は『ストライディングマン』と呼ばれております。モデルはジョニー・ウォーカーの創業者のジョン・ウォーカーさんだ、と云われていた時期がございました。しかし、スコットランド人であることに誇りを持っていたジョンさんがこのような恰好をするはずがないので、当時、人気漫画家でデザインを手掛けたトム・ブラウンさんの創作上の人物というのが真実のようです」

事件に無関係な話なのに、どうしてか耳を欹てている自分に伊勢は驚いた。けれども、気持ちを引きつけるだけのものがあり、最後まで聞きたい、という好奇心が伊勢を無言に

させた。

「生粋のスコットランド人のジョンさんは一八〇五年生まれで、五七年にお亡くなりになっておりますが、そのころはジョニー・ウォーカーはそれほど売れていなかったそうです。今や世界一売れているウイスキーの一つですから、時代を先取りしすぎていたのだとわたしは思っております。このラベルを見るたびに、ジョンさんも、二代目のアレクサンダーさんも、三代目のジョージさんとアレクサンダー二世も、常に将来を見ていたのではないか、と思えてなりません」

そこで一度安藤は口を噤み、ジョニー・ウォーカーのボトルを伊勢の前に戻したあと、

「ジョニー・ウォーカーほどアーティストに愛されているウイスキーはないかもしれません。ボトルこそ違えど、音楽にも映画にもよく登場いたします。アートが過去と現在と未来を繋いで表現するものだとしたら、多くのアーティストがジョニー・ウォーカーを溺愛する理由も判る気がいたします。過去を知り、現在を捉え、そして未来を作ろうとする方々にとって、ここではないどこかへと連れ出してくれそうな『ストライディングマン』は魅力的に映るのではないでしょうか」

それに、と安藤はつけ足してさらに続け、

「二〇二〇年にジョニー・ウォーカーを所有する飲料大手のディアジオが、大きな発表をしました」

「ジョニー・ウォーカーについてですか？」

「はい。従来の瓶ですと、製造過程で大量のエネルギーを消費し、炭素を排出してしまうそうです。ですから、環境に配慮して、リサイクル可能な紙製のボトルに順次替えていくとのことです。紙製のボトルがどのようなものか手にしたことがないので詳細は判りませんが、原材料を考えるとそれが日本でも広く普及するようになれば指紋は採りにくくなりますから、今回のようなことは起こらないかもしれませんね」

「今回の犯人が、そのときまでにずっと追っている真犯人を検挙できるといいですね」

素直な感情が言葉になって伊勢の口から零れた。脳裏には一人の男の顔が浮かんでいる。

「わたしも同じ気持ちでございます。それまでには十数年前の真犯人が判明しているのではないか、とわたしは期待しております。きっとこの『ストライディングマン』が力を貸してくれるのではないでしょうか」

その瞬間、伊勢の乱れていた心が落ち着いた気がした。安藤の言葉にも、ジョニー・ウォーカーの黒ラベルにも伊勢が求めていた答えはない。しかし、ここ数年、いや、何十年と伊勢の胸の裡に眠っていた不発弾のようなものが一気に爆ぜた。

自分は透明ではなく空白な存在だったと、伊勢自身が一番よく知っている。しかし、プライドとも呼べないプライドが空白を認めようとせず、アリバイ作りのための意地が現実を隠していた。それが伊勢の目を曇らせ、犯人と対峙しながらも真相を見抜けなかった要因の一つだとやっと判った。

「安藤さん。もう一杯、ジョニ黒を頂戴してもいいですか？　同じくロックでお願いします」

ほぼ氷水となったジョニー・ウォーカーを一気に呷り、グラスを安藤の方へ出しながら伊勢は注文をした。同じ日に同じものを飲むことは初めてのような気がするが、今日だけはそれがいいと思った。

「かしこまりました。ありがとうございます。こちら、お下げいたします」

手際よくグラスを下げながら安藤は云い、腰の付近の冷凍庫からカットされた氷を取り出し、霜を丁寧に削ってからグラスに落とした。そして、綺麗に拭かれて曇り一つないグラスをもう一つ用意して、そこにジョニー・ウォーカーの黒ラベルを注いだ。

「ジョニー・ウォーカー十二年、黒ラベルでございます」

一時間ちょっと前と同じ光景のはずなのに、伊勢の目にはジョニー・ウォーカーが新鮮に見えた。陽が完全に落ちて暗くなった店内のせいかもしれないが、そうではなく、虚ろな日々との決別を覚悟したからだ、と伊勢は思った。

味も香りも先刻よりもずっしりとした重みを帯びて伊勢の舌を這った。収穫したばかりの果実のような香りと、スモーキーさが伊勢の心を満たしていく。

事件とは無縁な取り留めのない話を三十分ほどして、伊勢はお会計を済ませた。まだバ

ーにしては時間が浅いせいか他に客はおらず、安藤が鉄扉を開けてくれ、

「どうぞお気をつけて。またのお越しをお待ちしております」

わざわざ見送ってくれた。こういった細かな気遣いがありがたい。

小路の居酒屋の提燈が夜を破いて淡い赤色をアスファルトに流している。上空には夜の破れ目から漏れた国分町のネオンの明かりが漂っている。ネオンに濡れた風が色彩豊かなジャムのようなぬめりとした感触で、伊勢の頬を撫でた。温い風だったが、初秋の寂しさが混じっていて、季節が変わろうとしていることが判った。思えば、夏至はかなり前に過ぎている。この風のように、いや、ジョニー・ウォーカーの英国紳士のように、ゆっくりでもいいから歩き出したいと思った。来年からはいつもとは違う夏を迎えられる気がして、伊勢は家路についた。

何故、
死体にキルベガンが
手向けられていたのか？

スクイーザーでオレンジとレモンの果汁を搾り、パインジュースと共にシェイカーに入れます。
軽く混ぜて酸味と甘味のバランスを確認し、レモン果汁、シロップを適量足して味を調えます。
氷をシェイカーの8分目まで入れ、しっかりシェイクした後、冷凍庫で冷やしたカクテルグラスに手早く注いだら出来上がりです。
オレンジとレモンは、スクイーザーの山に果肉部分を軽く当て、手でやさしく包みながら搾ると中の房の膜を壊さず、余計な苦みが出ないので瑞々しく美味しく出来ます。

シンデレラ

材料

オレンジ果汁25ml
パインジュース20ml
レモン果汁15ml
シロップ適量

一言POINT

柑橘類の果肉部分をスクイーザーの山に当ててぐりぐりと押し付けながら搾るのはやめましょう。

「お待たせしました。シンデレラでございます」

逆三角形をしたグラスの細い足は、紅葉した銀杏の葉を凝縮したかのような濃い黄色の中身を重たそうに支えている。オレンジジュース、パイナップルジュース、レモンジュースを使ったこのカクテルは見た目は通常のそれと変わらないように見えるが、実はノンアルコールである。星川は安藤がそれぞれのジュースを合わせて目の前で作るのを見ていたのでアルコール類が入っていないのは判っている。だが、それらをきちんと銀色のメジャーカップで量り、時計が時を刻むように心地よくシェイクし、脆そうなショートカクテル用のグラスに注ぐと、まるでアルコール入りのカクテルに見えるから不思議だった。

半年先の結婚式に向けて準備をしている最中に彼氏の浮気が発覚し、逆上してそのまま別れ、そのことが職場で噂になって居づらくなって退職し、失業保険で何とか食いつないでいる星川にこのカクテルは似合わないと思った。童話のシンデレラは〇時まで夢のような時間を過ごすことができるし、いろいろなヴァージョンがあるものの、その後も王子と幸せに暮らしたという彼女の名前を冠したカクテルは、突然襲いかかってきた火傷の痛みから逃れたいと思っている星川にとって、仇敵とも云えるものだ。三年間の関係がたった一瞬で崩れてしまったのだから、冷酷な魔法をかけられたな、と星川は自虐的に思った。だが、やっとある程度の心の整理がついて安藤に愚痴を零したところ、星川さんの将来が好転することを願ってお作りいたします、と云ってこのカクテルを作り始めたのだった。

ふわっとした柑橘系の香りと見た目の鮮やかさ、そして細くて長い足のカクテルグラスが星川の手を勝手に動かしていた。

口に含んだ瞬間、清流のような綺麗な甘さを舌が捉えた。パイナップルはさすがにパックのジュースだが、オレンジとレモンは搾りたてのものを使っている。だから、清涼感のあるものに仕上がっているのだろう。最初はレモンの酸っぱさが舌に刺激を与えるが、それもほんの一瞬で、すぐにオレンジとパイナップルジュースの甘味が補う。すると、レモンの酸味がただの酸味だけではなく、他の二つの甘美さを引き出す役割へと変化する。やがて、三つの果汁がしっかりと混ざって、今まで飲んだことのないような甘酸っぱさを作り上げた。

「美味しいです。こういうカクテルもあるんですね」

「ありがとうございます。普段、星川さんにはウイスキーをよくお飲み頂いているので、今回はちょっと変わったものにいたしました。お口に合ったようで何よりです」

安藤の頬に微笑が浮かび、星川もつい、笑みを返した。三十五歳で突然の不幸に見舞われ、最近の星川は幸福よりも不幸の方により敏感になっていたし、老人のような諦念でしか人生を見られなくなっていたのだが、安藤に総てを打ち明けることでここ数週間忘れていた感情を取り戻せた気がした。流砂のようにすらすらと適切な言葉を紡いでくれる安藤に星川は改めて感服した。髪にも鬚にも白いものは混じっていないし、はきはきとした声色には、晴れた秋空に走った一本の白い飛行機雲のような爽やかさがある。何歳かは知らないが、そういったものに加えて、白いシャツと黒い蝶ネクタイが安藤から年齢という概念を奪っていた。

星川はよく年齢について訊くのだが、

「ウイスキーの語源はゲール語で、生命の水、という意味の言葉です。ですから、扱っているときにちょっとずつ命の雫をもらっているのかもしれませんね」

だとか、

「時は金なり、とよく云いますが、お金は友達ではございません。しかし、わたしはウイスキーは仲間だと思っていますし、彼らもそう思ってくれているといいな、と常々思っております。そういった友達に囲まれているので年齢をつい忘れてしまうのかもしれませんね」

数ヶ月前は、

「ウイスキーは職人さんたちが手間と時間をかけ、その上、お酒の神様が魔法をかけたものですから、それらに毎日触れているだけで若返るのかもしれませんね。わたしの願望ですけれども」

といい具合にはぐらかされてしまう。結局、安藤の生年月日については星川は知らないままである。ただ、秘すれば花、というわけではないが、知らないままの方が安藤の魅力は今後も増していくような気がした。時が刻む年齢は正確なものかもしれない。けれども、唯一の真実としてあるのは安藤の体が感じ取った時間の流れであり、それはウイスキーとの触れ合いとイコールで結ばれているのだろう、と星川は解釈していた。

安藤とウイスキーやカクテルの話をするとき、二人の間にはよく歴史や技術や心遣いといった言葉が出てくる。熟成しなければいけないウイスキーにはその分の歴史があるし、はっきりとした起源は定かではないが、数百年も前に生まれて脈々と受け継がれてきた職人たちの遺産である。カクテルも同じで、レシピはあるものの、バーテンダーによって違いが出てくるので、単純な酒や果汁の足し算ではないのだ。そして、他の高級なバーには星川はほとんど行ったことがないので判らないものの、安藤のようなバーテンダーの心遣いはとてもありがたい。カクテルやウイスキーのハーフ一杯だけでも、客の笑顔が何よりの報酬かのように快く出してくれる。

心遣いというと堅苦しいものを思い浮かべてしまうが、それは間違いだと星川は『シェリー』に来るようになって気づいた。心遣いとは自然に出るものであり、強制されるものではない。バーテンダーも客も自然に相手を尊敬したくなるような場——それこそが本来のバーだろう。

安藤によると、そもそも、今、星川が飲んでいるシンデレラも心遣いから生まれたカクテルらしい。お酒の飲めない人でもパーティーで浮かないように考案された、というのが有力な説だからだ。だからこそ、安藤のように客の懐ではなく、心を大事にしているバーテンダーに相応しいものだと星川は思った。

「ノンアルコールは普段は飲みませんけど、たまにはいいですね。色も今の季節にぴったりですし」

星川の視線の先には黄色く色づいたカツラの樹があった。『シェリー』の近くのオフィスビルの庭に植えられているのだが一本しかなく、ひとまず一本だけでも植えておくか、という手抜きがカツラの樹を一層寂寞とさせていた。安藤以外にこの樹も今の星川の虚しさを理解してくれる気がした。

視線を遠くへ向けると、晴天に恵まれた仙台は、秋らしく澄んだ空気の中で美しい一枚の絵となっていた。高層ビルの窓ガラスが反射させている光も、アスファルトの隙間の土の部分を懸命に見つけてこっそりと穂を揺らしている芒（すすき）も、秋物と冬物が交じった道行く人々が着ているコートでさえも、街は姿のない針で織り込み、バランスの取れた刺繍に仕上げている。仙台の名物であるケヤキ並木も紅葉が始まっていて、黄だったり、赤だったり、まだ緑だったりとバラバラの色をしているのに加え、濃淡があるせいか、風は強くないのにゆったりとうねっているように見える。晴れに恵まれてケヤキが支配している定禅寺通は様々な色が鬩(せめ)ぎ合い、戦闘を繰り広げているようだったが、それらの葉はどこか寂しさを感じさせた。終焉を迎えようとしている葉々は冬へと向かっている秋日の重い光に堪え切れず、その色を影に重ねて道路に落とし、人混みの波に砕けてしまっている。

星川の手の中にも終わりがある。ちょっとずつ飲んでいるつもりだったのに、グラスの中のシンデレラは既に減り、一枚の厚紙程度になっていた。ショートカクテルで量が少ないとはいえ、夢から醒めるのが早すぎる気がしたし、もう少し三つの果汁がかけてくれた魔法に浸っていたかった。

ただ、生活に疲れている星川にとってはこれくらいの短い夢でも心が満たされた。だから『シェリー』に来る前に決めていた次に飲むものを、すんなりと安藤に告げることができた。

「ご馳走様でした。たまにはカクテルもいいですね。美味しかったです」

「ありがとうございます」

「次はいつもの……キルベガンをハーフでお願いします」

グラスを傾けてシンデレラを飲み終え、安藤の方に出しながら星川は云った。キルベガンの名を出した星川の悲しい目に憂いを感じ取りながらも、安藤は慰めるわけでも止めるわけでもない、いつもと変わらぬ微笑で受け止め、

「承知いたしました」

空になったグラスを片付け、背後の棚の一番下に置いてある一本のボトルを手にした。

漆黒のキャップシールや、昔ながらの背の高いボトルや、赤地に白文字で『ＫＩＬＢＥＧＧＡＮ』と印刷されているラベルはやや地味に見える。最近は絵画をそのままラベルにしたものや、ボトル自体に特徴を持たせたものがあるので余計にそう感じる。しかし、その落ち着き具合が、却って、ウイスキー発祥の地とも云われているアイルランドのウイスキーらしい風格を醸し出していた。ここ数年、スコッチやジャパニーズに押されつつあったアイリッシュウイスキーだが、このキルベガンを始めとして評価が高まりつつある。

キルベガン蒸溜所は一七五七年に創業しているのでアイルランドの中でも最古を誇っているが、二度の大戦とアメリカの禁酒法、アイルランド独立戦争の煽りを受けて衰退してしまった。悲運を辿った結果、一九五〇年代には他のアイリッシュウイスキー蒸溜所と同じく、閉鎖されてしまう。悲しいことだが、金では買えない歴史のように大事な文化ほど、経済という奔流には抗えないものなのだ。

それでも、背骨のしっかりとしている文化は生き残る。クーリーというアイルランドの蒸溜所やアメリカのビーム社に買収されたのち、今はサントリーの傘下に入り、完全に復活を遂げた。二〇〇七年に再スタートを切ったときは、クーリーとのブレンデッドしかリリースされていなかったが、今は限定品とはいえシングルモルトも発売されるまでになった。

安藤が我が子のように大事に棚から出して、透明のパラフィルムを丁寧に剥がしながらキルベガンに目覚めを告げる。きゅっとコルクに音を奏でさせたキルベガンは、銀色のメジャーカップを通し、曇り一つない綺麗なグラスに着地して星川を待っている。

「お待たせいたしました。キルベガンになります」

「ありがとうございます」

ゲール語で、小さな教会、という意味のウイスキーは、熟したフルーツのような香りとともに、久しぶりだな、と星川に語りかけてきた。結婚寸前まで行った元恋人とは、『シエリー』に来て毎回のように飲んでいたのだが、破談になってからは飲んでいなかった。恋人の裏切りが発覚する前は、式を挙げるのは映画やドラマで観るような白壁の教会がいいな、と思っていて、小さな教会と称するこのキルベガンを披露宴で出そう、とまで思っていた。けれども、総てが霧散したときにはさすがに飲みたいと思うどころか瓶を見る気にすらならなかった。宝石の乱反射のように煌めいていたあの日々は、恋人と別れた途端に虚しい残骸に変わっていたのである。

しかし、今日になって安藤にようやく詳細を話せたので、久々に飲む気になったのだった。

安藤に、頂きます、というように目礼してから星川はグラスに口をつけた。

　僅かに硫黄のような匂いが口から鼻に抜けた。ただ、温泉のような強いものではないし、オイリーなライチとでもいうような香りがそれを飲み込む。オレンジの皮を摘まんだときの飛沫に似た芳香と程よい酸味があって、絹とそっくりの滑らかな味わいが広がった。二口目も同じような印象だったが、味に慣れたせいか、それともよく飲んでいたころを舌が思い出したのか、クリーンでドライな味わいが、草原を駆ける一陣の風のように星川の口の中を巡った。長い歴史を背負っているにもかかわらず軽い飲み口で、これこそが星川の愛しているキルベガンだと思った。

「やっぱりキルベガン、いいですね。友達に勧めたら、軽すぎるって云われましたけど、わたしは好きだなあ」

「わたしも星川さんと同じ気持ちです。一時期閉鎖されたキルベガン蒸溜所は一九八二年に博物館にもなっていますし、約百年前の設備がほとんど残っていて、水車と蒸気エンジンがいまだにあるのは歴史ある蒸溜所ならではだと思います。しかし、味わいには非常に現代的な軽さがあって、そのギャップを楽しめるのもこのウイスキーの魅力の一つだと存じます」

「ですよね。海外のウイスキー評論家もキルベガンを褒めていた気が……名前は忘れちゃいましたけど」

　星川が金色の三日月の形をしたイヤリングを触りながら思い出そうとすると、

「ジム・マーレーさんですね。毎年、独自のランキングを発表して話題になるほどの方です。マーレーさんは、キルベガンのことをこう評していたと存じます」

室内に流れるジャズにそっと添えるような落ち着いた声で、安藤はこう云った。

「『キルベガンを見ずしてアイルランドを去るなかれ。キルベガンは、小さな教会、の意味だが、世界中のウイスキー愛好家にとっては大聖堂にも等しい』と」

「そうそう。そう云ってキルベガンを褒めていて嬉しかったなあ」

自分の好きなウイスキーを著名な評論家に褒められることは、まるで我が子がよい成績を取ったようで嬉しくなってしまう。人によっては深みがないと云うキルベガンだが、それもまた個性である。キルベガン蒸溜所は歴史ある由緒正しい蒸溜所だが、そこが作るものには逆に現代っぽい軽さがある、という落差がウイスキーの幅の広さや背後に広がる歴史の深さを物語っている。

そう安藤に星川が云うと、

「仰る通りですね。この世で最もモダンなものは、最もクラシックなものだとわたしは思っております。キルベガンはまさしくそれに相応しいウイスキーですね」

「安藤さんが云うと説得力がありますね」

安藤の言葉に星川は頷きを返し、暗かった表情の代わりに、けざやかさのある笑みを浮かばせた。夏の暑さを潜り抜けた澄んだ秋の空気のように、純粋に笑ったのは久しぶりった。

　だが、その微笑は翳にすぐに沈んでしまった。鰯（いわし）の群れのような細かい雲の一つに、太陽が隠されて表情が曇っただけではない。恋人との別れを再び思い出したからでもない。それら以外にも、星川の顔色を曇らせるものがあるのである。

「安藤さん。先週、殺人事件があったのは知ってます？」

「先週、と仰いますと、派手な方ですね？」

　意味ありげに云った安藤の顔は、空気の入れ替えのために少しだけ開けている窓からの秋風も寄せつけないほど静かだった。だから星川にも安藤が事件の概要を知っているのだと気づくことができた。

「うん、そうです。仙台もそれなりの都会だから殺人事件は起こるけど、一ヶ月の間に二人も殺されるなんてびっくりしちゃいました」

「仰る通りですね。わたしの記憶通りならば、宮城県内で起こる殺人事件は年間大体十件から二十件だそうですから、珍しいことです」

「しかも、無差別にたくさんの人を襲った、とか、ドラマにあるような館とか島に集まった人たちの中で起こる連続殺人なら判るけど、そうじゃないですもんね」

　星川はできるだけ明るく云ったが、太陽が雲を羽織ったままのせいで、声までも暗くなっている。殺人という話題のせいもあるが、二つの殺人事件のうち、片方はともかく、もう一方にはウイスキーが絡んでいて状況が異常だからだった。

「先月に起きたやつは怪しい仕事をしている人がアパートの一室で刺殺されたからフツーの事件ですよね」

「警察も被害者がインターネットを通して違法なものを販売していたことを突き止めて、顧客を一人一人調べているようですね」

さらっと安藤が答えたが、ウイスキーを始めとした酒のことだけではなく、こういった世事もきっちりと押さえているのは一流のバーテンダーならではだと星川は感服した。バーにはいろいろな客が集う分、多くの知識が必要だ。しかも、満遍なく知っていなければならない。バーというと、都会に結ばれた庵のような静寂さと厳かさに溢れていると思われがちだが、安藤の信条は、誰でも立ち寄れる敷居の低いバー、である。だからこそ星川のようなバー初心者でも通えるし、安藤と客とのマニアックな会話もよく耳にする。ただ、迎える安藤はこういった話題を振られたときにも答えなければいけないから、店に出ていないときも相当の努力をしているのだろう、と星川は常々思っていた。

「問題はもう一つの方ですよね。ほら、これが死体に供えられていたって事件です」

星川は指輪を嵌めそこなった左手の薬指で、目の前に置かれているキルベガンを指した。結婚式が夢と消えたことを意識しているわけではない。けれども、あと数週間でここを指輪の光が飾るんだ、と思っていた幸福な時間のことを星川以上に薬指が憶えていて、こういうふとした拍子に顔を出すのだった。

「犯人が牧師見習いで、しかも、殺したことを悔いて死体にキルベガンを供えて警察を待っていたなんて、あまりにもおかしいと思いませんか？」

星川はグラスを傾け、少しだけキルベガンを舌の上にのせた。殺人という血生臭さをウイスキーで消したかった。

「星川さんの仰る通りですね。牧師見習いの方が殺人を犯す、まではあり得ることだと思います。もちろん、その行為を悔いることも。しかし、小さな教会を意味するキルベガンを供えておいたというのはあまりにも小説的かと存じます」

「わたしもそう思います。犯人の遠山（とおやま）は『殺してしまった方へのせめてもの供物です』なんて云っているらしいですけど、信じられないなあ」

刺殺された死体の傍らに置いてあったのはキルベガンだったようだが、それは公には報道されていない。新聞記者をしている大学時代の先輩から聞いたのだった。取材中の事件について他人に話すというのは問題がありそうだが、キルベガンという名前を出しても、ほとんどの人は知らないだろうし、記事としての価値がぐっと高まるわけではない。警察側も、犯人が捕まっている以上、キルベガンという銘柄が世に出ても問題ないと思っているはずだ。その先輩はウイスキーには詳しくないから、キルなんとか、とうろ覚えで、星川が、もしかしてキルベガンですか、と興奮して訊き返したら、そういえばそういう名前だったな、と答えたくらいである。

キルベガンの知名度が低いのは仕方がない。好きな銘柄だったからたまたまキルベガンを持っていた、という遠山の供述も他人の好みだから何とか許容できる。だが、星川にとって恋人以上に愛おしいウイスキーが事件に利用された。その点だけは許せなかった。

人は真っ当に造られたウイスキーを目の前にしたら詩人になる。けれども、遠山は違うと星川は直感的に思った。人を殺めたからではない。人殺しの一部にキルベガンを使い、穢した時点でただの悪人に過ぎないと星川は思っていた。

「何で遠山はキルベガンを死体に供えたんでしょうね？　喜ぶのは、『容疑者がウイスキーで供養？』とか『自分が殺した相手にウイスキーを供えた犯人の心理とは？』みたいな見出しをつけているスポーツ新聞や週刊誌くらいですよ」

「そうですね。市内や県内はもちろんですが、全国から報道関係者が集まって大騒ぎのようです」

「でも、ロクな情報は出てないですよね？　逮捕された遠山も同じ供述を繰り返しているみたいで……」

云ったあと、キルベガンと一緒に出てきたチェイサーで口の中をさっぱりさせ、こう呟いた。

「どうしてキルベガンを死体の近くに置いたんだろ……」

※

結婚という言葉が現実味を帯びたとき、星川は孤独に出会った気がした。

結婚してみない、と星川が云ったとき、男は、そろそろそういう時期かもな、と答えたのだが、問いかけも返事も意味がなかった。青葉通（あおばどおり）のフレンチでランチを食べ、デザートのワッフルを一口食べたあとの出来事だった。夏至も近いというのに、改築したばかりの老舗レストランの窓にはもう夜が迫っているとしか思えない闇がある。雲が重く厚く重なって灰色の汗を溜め、空が早くも夏の暑さに喘（あえ）いで自分と同じ嫌な感触のする汗をかいている、と星川は思った。

その日から招待客に連絡をしたり、式場を選んだり、仕事以上に慌ただしい日が続いた。けれども、結婚に向けて歩き出した気がしない。周囲からは祝福されたものの、星川と男との間には深い溝があったように思う。白いプラチナの結婚指輪を早々に二人で購入したのだが、美しいはずの円環が月の暈（かさ）のようにぼんやりとして見えた。

順調に準備が進み、あとは誰に婚姻届の証人になってもらおうかという段階になっていた夏の夜だった。燦爛（さんらん）とした星の空を被った仙台は夢のような神秘的な空気に覆われていて、遠くに国分町の赤や黄といった明かりを湛えている夜の趣がありつつも、猛暑日をもたらした太陽に照りつけられた郊外の家並みは干涸(ひから)びて見える。それを見た星川は、落差にぎょっとしてしまった。結婚の前と後をそのまま見せつけられているかのようだったからである。

星川が結婚について過敏になっているのには二つの理由がある。一つは甥っ子が二十一の若さで結婚したのだが、付き合い始めて半年でのスピード結婚だったせいか、相手の金銭感覚と自分のそれとがまったく合わないことを知らず、一年も持たずに離婚しているのを見ているからだ。さわやかで明るい性格だった甥っ子がそれ以来、内気で実家に籠りがちになり、顔を始めとして体全体が萎(しぼ)んで見えた。

もう一つはこの春先に、十年以上の付き合いになる友達が離婚したことだ。夫とはちょくちょく喧嘩をしていたものの大きな問題にはならなかった。ただし、相手の母親が二人が住んでいるマンションを週に一度は訪れてきて、昔のドラマの意地悪な姑のように文句をつけたという。夫に相談したものの、実の親には逆らえない性格で、我慢するしかなかった。しかし、それが一年も二年も続けば精神が限界を迎えるのは当然である。姑への怒りが溜まり続け、夫が対応してくれないとなると、離婚の二文字に帰着するのは当然の流れと云えた。

それでも結婚の準備を進めていたのは、男の言葉を信じたという一点に尽きる。付き合い始めたころ、キルベガンを飲んでくれたときの、『初めて飲むけどこれは美味しいな』

という言葉が棘のない柔らかな蔦のように、星川の心に絡み続けていたのだった。

それに、自覚はなかったのだが、付き合い始めてから、友人たちからは綺麗になったと云われた。確かに以前よりも化粧を丁寧にするようになり、石膏のようなただ白いだけの肌が潑剌とした生色（せいしょく）あるものへと変化している気がした。星川は元々体が強くなく、線が細いタイプだったのだが、社会人になってからというもの、日々の労働に鍛えられてそれが頑丈なものへと変わっていた。しかし、その頑丈な線が甘い恋愛の中に消えて、ふっくらとした柔らかなものになっているのを感じていた。

だが、結婚が迫るにつれて、星川は自分の中に一種の砂時計のようなものがあるのを自覚した。本来であれば砂の最後の一粒が零れ落ちたときに鳴る祝砲を楽しみにするのだろうが、準備が加速し、次々に底へ落ちていくのを感じるたびに、星川は別の意味で安心していた。式の準備が整っていくにつれて、この結婚は成就しないだろうな、と予想していたからだ。

相手の浮気によって予想が現実になり、キルベガンを褒めた男の言葉は大きな落とし穴だったことに気づかされた。結婚の話になったときに感じた孤独、準備段階のときに嗅ぎ取った違和感——それらは正しかったのだ。

だから相手の浮気が発覚して破談になったあとも、比較的ショックは少なかった方だと思う。しかし、周囲から慰めの声をかけられるたびに心の穴は深く、暗くなっていった。

見知った道を歩いているときにふと裏道を見つけてしまい、角を一つ曲がるたびに迷路の奥へと進んでいるような錯覚がある。三十数年、一緒に生きてきたこの体の中には、こんなにも知らない迷路があったのだ。

気の置けない友人と会って世間話をする余裕が出たのは、夏を長引かせすぎた空が、秋という季節を思い出したかのように暑さを和らげ始めたころである。秋雨が続いたせいで定禅寺通のアスファルトの部分には水溜まりがいくつもできていて、初秋の気配が翳り、小さな漣（さざなみ）が雲間から射す光を淡い屑に砕いていた。

大人になることは驚きを忘れる代わりに平穏を身につけることだ。心が鎮まったあと、とある後輩に連絡を取った。タウン誌の記者をしている飛田（ひだ）は知り合いの後輩で、よく愚痴を聞いてくれ、今回の件も心配してくれた。相手への文句を存分に聞きたいっすね、と気さくに云ってくれたのだが、すぐに会う気にはなれず、今日まで延ばし延ばしになっていたのだった。

仙台市内の店ではなく、神割崎（かみわりざき）近くの居酒屋を選んだのは、その場所に有名な奇岩があるからかもしれない。境目を争っていた村に対して神様が裁定を下して、一夜にして大岩が割れたという伝説がある。今回の婚約破棄は争いとまでは云えないと星川は感じているが、無意識のうちに縁のある場所を選んだのだろうと思った。

星川は飛田よりも一足早く神割崎に着いて、奇岩のある海岸を眺めていたのだが、秋の夕暮は寂しく、風に脅かされた海は夜の予感を恐れているかのように見えた。例の奇岩は波を打ち砕いて、波頭を紙屑に似た白さで海に散らしている。砂浜は薄暗くなったあとも白く永遠のように続いていて、潮風が砂を帯状に引き摺って流れていく。昼の音は死に絶えている。だが、かといって夜の音はまだ生まれていない、その薄い静けさの一瞬が昼と夜を繋ぎ合わせているように感じられた。

「星川姉さん、久しぶりです」

社会人とは思えないほどラフな恰好で飛田が暖簾を分けて店内に入ってきた。平日の夜のせいだろう、黒ずみながらも汚らしさを感じさせない古びたテーブル席が空いていて、星川は先にお通しのおでん風の煮物を食べながら、日本酒を飲んでいた。星川はお通しでその店のよさが判ると思っているが、いくつかの魚のすり身を合わせて団子にしたものと人参と大根を使った醤油ベースの煮物は、素材の特色を出しつつも出汁がしっかりと取られていて甘辛くて旨味がある。日本酒にぴったりと合っていてこの店が正解だということを証明していた。

「先に飲んでるよ」

「姉さんはいつもそうっすよね」

飛田は夏の名残りを顔と腕の日焼けに刻んでいて、二十代後半とは思えないほどいい意味で野暮ったい見た目をしている。寒くなってきたのでさすがに夏場によく見ていたTシヤツにジーンズではなく、長袖のジャケットを羽織っているものの、ヨレと色落ちが見える年季の入ったものだった。だが、飛田の場合はそれが話しやすさに結びつくので星川はありがたいと思った。

「もう振り切ったみたいっすね」

ビールと刺身の盛り合わせを注文しながら飛田が云った。

「よく判ったね。その通り」

星川は飲み口のところに緑の輪がデザインされているグラスに手を伸ばし、少しだけぴりっと舌を刺激する日本酒を飲み、

「人間は後悔するようにできているって云った同僚がいたけど、当たり前なんだよね。人生と希望が釣り合っていないのが人間なんだから」

「難しいことを云いますね、姉さんは。もう酔っ払ってるんすか?」

「まさか。仕事を辞めて考える時間だけはあったからね。こういうことを考えていただけ」

「ってことは、正解と不正解を同時に摑んだってことっすね」

飛田は運ばれてきたビールを咽喉を鳴らしながら半分くらいまで飲み、数分前に星川が注文していた季節の天ぷらを頰張って残りを飲み干し、あっという間に二杯目を注文した。

さりげない一言だったが、飛田の云うように、星川は正解と不正解を一緒に手に入れた

のだった。結果だけを見れば不正解だったかもしれないが、世の中は二つに割り切れるほど簡単ではない。そのことを知っている人間でないと、こういうことは云えない。飛田はたまにこういった鋭さを持っていて、気づかされることが多かった。

店内には潮騒と、客たちのささやかな笑い声と、風の音が鏤められている。店構えや中の装飾は決して洒落ているとは云えないが、それらが近くの海に潜んだ海蛇の鱗のように、酒を出す店ならではの飾りになっていた。

飛田も同じ気分を味わっているようで、二杯目のビールを五分ほどで空にすると、今度は日本酒を頼んだ。

「少しは味わいながら飲みなさいよ」

掌くらいある大きなしいたけの天ぷらに塩をつけ、肉と云われても判らないほどの歯応えと山の匂いを堪能しながら星川が云うと、

「先輩が先輩らしくてよかったっす。あとはタダ酒を飲むだけだと思うと気が楽です」

「元々、わたしの相談に乗る気なんてなかったくせに」

「バレましたか。実はご意見を伺いたいことがありまして」

並びの悪い歯を覗かせながら飛田は笑って、隣の椅子に置いていたバッグから色褪せた手帳を出した。

「殺人があったのは知ってますか？」

「ん……一応ネットでチェックしたよ。名取であったのと……」

「そんな地味な殺人はどうでもいいっすよ。作並温泉近くで起きた方です」

仙台市は泉市を合併して泉区にしたり、秋保町を太白区に併合するなどした経緯がある上に、太平洋に面しながらも山形県とも接している広い県庁所在地である。そのため、名取と作並では同じ市内ではあるが、車で一時間はかかる距離である。同じ市内で二件の殺人事件が起きたとはいえ、隣り合う二つの市で発生したようなものだな、と星川は思っていた。

「名取のは姉さんがネットで知った以上のことはないんで置いておきます。問題はもう一つの方っす」

「やっぱりね。キルベガンが死体に供えられていたやつでしょ？」

くっとグラスを傾け、星川は日本酒を飲み干した。メニューを見ると、日本酒を飲む人間ならば素通りするわけにはいかない、ひやおろしを集めた欄が目に入った。秋になると日本酒はまろやかさを増して、最も美味しい時季になる。ひやおろしとは、火入れを一度行ってから貯蔵した日本酒のことで、夏の間、海を漂うクラゲのようにゆったりと眠っていた酒は角が取れて、繊細さを増してぐっと美味しくなる。

熟した果実のようなふくよかさのある黄金澤のひやおろしを注文した星川は、一度水で口をすっきりさせたあと、

「一般報道だとウイスキーが死体に捧げられていたみたいな記事しかなかったから、君の先輩に電話したのよ。そうしたら、キルベガンだって教えてくれたってわけ」

「なるほど。ウイスキーのことになると行動が早いっすね」

嫌味かもしれないが、それを感じさせないように飛田は云った。星川も悪い気はしない。元々、二人ともこの手のことは気にしないタイプだし、酒が入っているときは相手の尊厳を傷つけること以外は黙認するという暗黙のルールがあるから、さらっと会話が紡がれた。

「一番好きなウイスキーが犯罪に使われたとなれば気になるのが普通でしょ」

「まあ、そうっすね。ってことは、このメモはあんまり必要ないかな」

そう云って飛田は、運ばれてきた刺身の盛り合わせに箸を伸ばし、下ろしたての粒の大きいワサビを金華サバにのせて、ちょっとだけ醤油をつけて口に運んだ。金華サバはブランドサバで、宮城を代表する魚である。上質な脂が醤油に散って星々のように輝いたのが見えた星川は、同じように金華サバに手をつけた。

黄金澤と金華サバを口の中で合わせて、地の恵みである日本酒と海のそれである刺身の幸せな出会いを舌で感じながら、

「飛田は事件をどこまで把握してるわけ？　知ってることを全部喋りなさいよ」

「俺も大したことは知らないっすよ。見習いの遠山が師事していた教会の牧師を刺し殺した。で、警察に電話をして事情を話した。警官数人が駆けつけてみると、死体が確かにあ

って、その傍らには済まなそうな顔をした遠山がいて、さらにキルベガンが供えられていたってことくらいっす」

「わたしが知ってるのと同じだな。まあ、情報元が同じだから当たり前か。でも、その後、自分なりに調べたんでしょ？」

「一応調べたっすけど……」

注文した蔵王のひやおろしが来たので飛田はそれを一口飲んで、

「被害者の水野牧師は悪い評判を聞かないですね。六十近いですけど、偉ぶった態度もなく、誰にでも親切に接していたようです。家庭で困っている人の相談には親身になってのって然るべき場所を紹介していましたし、定期的に無料食堂みたいなのを開いていました。あと、お金に困っている人には貸していたようです」

「水野は教科書に載るような牧師だね」

「ええ」

お互いに酒を含んだので一瞬だけ会話が止まった。急いで話に戻るのは、日本酒と料理と調理人に失礼だと二人とも思っているので、じっくりと味わって先を急ごうとしない。炭の、魚から落ちる脂を弾く音がその隙間を補っていた。

両方のグラスに入っている日本酒が半分くらいになったとき、

「犯人の遠山ってのはどういうやつなの？」

「やくざではないですね。やくざに成り切れない、典型的なチンピラです。薬の売買、風俗の斡旋(あっせん)、恐喝、密漁……挙げればキリがないっすけど、どれも中途半端な印象を受けますね」

「ふうん。じゃあ、何で水野牧師のところに？」

「今、遠山は四十三歳なんですけど、前科六犯。多すぎますよね？」

「わたしは一度も警察の厄介になったことがないから良く判らないけど、六回も捕まってるってのは多い気がするね。だって、遠山は他にも発覚していない罪を犯している可能性もあるわけだし」

その通りっす、と飛田は云って、役に立たないと思ったのか手帳をバッグに戻し、

「遠山の自供だと、刑務所に入っていたときに改心したいと思って、次に出所したら教会に通いたいと話したらしいんです」

怪しい話だな、と思いながら星川は大振りに切られた戻りガツオにたっぷりと薬味をのせ、一口で食べた。切り身には初ガツオとは比べ物にならないほど脂がのっていたが、シヨウガやミョウガが執拗(しつこ)さを消して、ちょうどいい塩梅にしている。

星川はそれを飲み込んだあと、

「その遠山の話を信じた看守が知り合いの水野牧師を紹介したってこと？」

「そうっすね。この手のことは過去にもあったみたいで、水野牧師も快く引き受けたよう

です」

「それが何年の何月？」

「遠山の出所が去年の六月三十日っすね。それから教会に通うようになったみたいですね」

「でも、更生することなく、遠山は一年ちょっとで今度は人を殺した。しかも、恩人の牧師を」

「はい。遠山は恩人だからこそ、取り返しのつかないことをしてしまった、と後悔して、水野にプレゼントするつもりだったキルベガンをまずは捧げたって云ってますけどね」

黄金澤を飲みながら星川は思考を巡らす。

星川が引っかかるのはやはり、どうして遠山がキルベガンを水野の遺体に供えたか、である。たまたま持っていたというが、そんなことがあるだろうか。それに、キルベガンは贈答用にしては安すぎる。もちろん、ウイスキーは金額が高ければよいとは限らない。背後に横たわっている文化を味わい尽くすものだと思っているし、星川はウイスキーとはただの消費物ではなく、職人が知恵を絞り、自然がその熱い思いにそっと手を添え、歴史が屋台骨のようになってその二つを支えてようやくできるものだと確信しているから、キルベガンが死者への餞（はなむけ）でもいいと思う。自分が死んだら、墓には水ではなくキルベガンをかけてほしいと思うくらいである。ただ、水野は星川と同じくキルベガンを愛していたのだろうか。

「水野って牧師はキルベガンが好きな銘柄だったの？」

「姉さんもご存じだとは思いますけど、牧師ということはプロテスタントってことです。プロテスタントの中には禁酒・禁煙を信仰の証とする、という教派もあるみたいっすけど、水野は違ったみたいですね。だから酒は飲んでいたようなんですけど、ウイスキーよりもこっちの方が好きだったようです」

蔵王の入ったグラスを掲げた。

「だとすると、どうして遠山がキルベガンを死体の傍に置いたのか判らないね。飛田も知ってると思うけど、キルベガンは小さな教会って意味だよね？　あまりにも出来すぎじゃない？」

「俺もそう思いました。死体にキルベガンをお供えして、さらに自分で通報して自首するなんておかしすぎます」

「突拍子もない推測だけどさ」

星川はそう前置きをして、

「今のところ、遠山と水野の間には過去に繋がりはないんだよね？」

「そうっすね。去年、遠山が水野の教会に通うときになって初めて会ったみたいっすから」

「それは確実？」

酔いで曇り始めた飛田の目の裏を覗き込むように星川は訊いた。

だが、飛田はあっさりと、

「確実っすね。俺も昔に何かあって、遠山が水野を殺したんだと思ったんですけど、そういうわけじゃないみたいっす」

「それじゃ、ほんとに二人が会ったのは去年の六月三十日以降なんだなあ……」

「何を考えてたんすか？」

「もしかしたら、二人の間に因縁があって、遠山は水野を恨んでいたんじゃないかなって思ったんだよ。しかも、水野は実はキルベガンが大嫌いで、死体を穢す意味で置いたんじゃないかって思ったんだけど」

飛田の手が止まり、グラスを置いた。夏の名残りが焼きついている茶色の手で、とんとんとん、とテーブルを叩き始めた。じゅっという魚の焼ける音と、他の客の他愛もない話し声と、そして日焼けした指がテーブルを叩く音が、沈黙した星川と飛田を三重奏となって舐めた。

飛田は三分ほど考え込み、星川に目を戻した。その瞳では先刻までの真面目さが剽軽さへと翻っていた。

「ちょっと面白い推理だな、と思いました。さすが姉さんです」

「お世辞はいいよ。それでわたしの仮説についてはどう思う？」

福笑いの目鼻がずれたような陽気な顔をしていたので、飛田が星川の推測を否定しようとしていることが判った。だが、念のためそう訊いた方がスムーズだと思って星川は敢えて云ったのだった。

再び飛田はグラスを手にして口内を濡らしたあと、

「水野とキルベガンの間に何か関係があるんじゃないかと思って、こっちでも調べたんすよ。でも、水野はウイスキーには詳しくなかったっていう証言ばっかだったんですよね。それに、水野がたまに酒を買っていた酒屋も、あの人は日本酒以外のものはクリスマスのときにシャンパンを買うくらいだったな、って云ってました」

「ってことは、キルベガンが嫌いどころか、その存在も知らなかった可能性が高いってことだね」

「そういうことになりますね。そもそも、ウイスキー好きでもキルベガンを知っているのは姉さんくらいっすよ」

「珍妙な人間で悪かったね」

「いや、そこまでは云ってないですけど、キルベガンをここまで愛しているのは面白いなあ、と」

落ち葉のようにかさついた飛田の唇が、ぴりぴりと痙攣（けいれん）でもしたかのように震えている。

先輩に対して哄笑するのはさすがに失礼だと思って、堪えているのだろう。

ただ、飛田がそう感じるのも当然だと星川は思った。キルベガンの故郷であるアイルランドならともかく、ここまで思い入れのある日本人は数えるくらいしかいないはずだ。二〇二〇年前後、ジャパニーズ・ウイスキーの世界的人気の高まりと相俟って、ウイスキーはかなり知名度を上げたし、熱烈なファンも増えた。しかし、キルベガンの名を知っている人はほぼいない。星川のようにバーに行くたびに飲むような人間はさらに稀である。

しかし、今回の犯人はキルベガンに相当の愛着があるように思える。牧師見習いだというから、教会に因んだウイスキーのことを知っていてもおかしくはない。だとしても、殺めてしまった死者への供え物にしたというのは御伽噺のように遠い話だと星川は思った。

「犯人の遠山はどれくらいのウイスキー好きだったの？」

「実は遠山もウイスキーが大好き、というわけじゃなかったみたいなんすよ」

「は？」

日本酒を飲みかけた星川の手が止まった。

「今はウイスキーブームで、特別なものじゃなければスーパーでも売っているじゃないすか？　遠山はその手のものは飲んでいたみたいですけど、とてもキルベガンみたいな隠れ銘酒を愛飲していたとは思えないですね、近しい人たちの話を聞いていると」

「それじゃ、遠山はわざわざ飲みもしないキルベガンを用意して、水野を殺して、それを供えたってこと？　ますますおかしくない？」

「おかしいです。キルベガンは幅広いウイスキーを取り扱っている店なら三千円か四千円で買えますけど、スーパーにはまずないものっすからね」

やはり、遠山はかなり意図的にキルベガンを水野の遺骸に添えたことになる。一刻も早く現場から逃れたいのが犯人の心理だというのに、これはおかしい。

「遠山は最初から水野を殺すつもりで教会に行ったの？　それとも突発的な犯行なの？」

「本人の供述だと、水野から借りていた金のことで喧嘩になってかっとなって刺してしまった。その直後に平静を取り戻して、水野には本当に悪いことをしたから元々あげようとしていたキルベガンを捧げた、と云っているみたいですね」

仮にキルベガンに何らかの意味があり、最初から水野を殺すつもりだったとしたら、前もってキルベガンを用意するかもしれないと星川は思ったのだが、遠山の供述はそれを否定している。まずはその点が引っかかる。

プレゼントをしようとしたとしても、水野はキルベガンの熱狂的なファンではない。日本酒の方を飲んでいたというから、勉強させてもらっているお礼ならばウイスキーではなくそちらを選ぶのが筋というものだろう。この点もおかしい。

つまり、水野を殺すことと、キルベガンを近くに置いて供することに何らかの意味合いがあるとしか思えなかった。しかし、効果といえば、事件の異常さを際立たせるに過ぎない。しかも、自首した遠山はもう逮捕されている。小説やドラマにあるように、今回のような異常な現場を作る謎の連続殺人鬼ならばともかく、犯人の遠山が早々に自首したので社会を混乱させたかったとも思えない。だとすると、ますます何故キルベガンを置いたのか、腑に落ちないと星川は思った。

「遠山はきちんと牧師の勉強はしてたの？」

「一応、週に三回は水野の教会に通ってキリスト教について勉強したり、礼拝の様子を見学していたみたいっすね。ただ――」

星川を焦らすように飛田は、エノキの天ぷらに塩をたっぷりとつけて音をさせながら日本酒で食べたあと、

「借金があったみたいなんすよ。合法なものと非合法なもの両方のギャンブルの借金っすね。ギャンブルに弱い人間ほど敗けるってことをアンダーグラウンドのやつらはよく知ってますから。本人にその自覚がないってことも」

「カモにされていたってわけね。借金はいくらくらい？」

「約二千万くらいあったみたいです」

「そんなに？」

思わず星川の声が強いものになった。数百万くらいだと思っていただけに、二千万という金額に驚いた。もちろん人にもよるが、借金で心が折れ、命を絶とうと考え始めるのは

二千万くらいからだと噂に聞いたことがある。様々な救済方法があるものの、そういったものが死角に入ってしまい、何も見えなくなり、もう返せないと絶望して死を選ぶのがそれくらいの金額らしい。だから、遠山が水野から借りた金を返せずに殺しに走った理由も判らないでもない。

それにしても、アイルランドの風土と、ウイスキーを守護する神々、そして現地の人のウイスキーへの愛の結晶とも云えるキルベガンを巻き込んだのは許せないと星川は改めて思った。人殺しは当然責められるべきことだが、同等かそれ以上に愛しいウイスキーを利用したことに星川は憤りを憶えていた。

怒りを鎮める意味も込めて、水を一口含んだあと、

「最初に訊くのを忘れてたけど、水野はよく二千万もの大金を得体の知れない遠山に貸す気になったね。そんなに教会って儲かるの？　結婚式とか葬儀関連の謝礼ってそんなに高いものなの？」

「いえ、それだけじゃやっていけない教会がほとんどみたいですね。寄付に頼っているところがほとんどです。それでも暮らせなくてアルバイトをしながら教会をやっている牧師もいるくらいっすから。でも、水野の教会は別だったみたいですね」

「別？」

「水野の父親の代の頃に、明日の生活もままならない人が相談に来たそうです。水野の父

親は見棄てることができずに一年くらいは暮らせるだけのお金を貸した。そうしたら、その人の事業が軌道に乗り始めて、今は仙台だけじゃなくて全国に支店がある企業の社長になったんだそうです。その社長は恩を忘れず、水野の教会に毎年多額の寄付をしているんですよ。だから水野はお金があった、ということです」

飛田が出したその企業の名前は星川も知っていた。この食品メーカーの名前を知らない人は少ないだろう。そこの社長となれば、寄付金は相当なものだと想像できる。

水野の資金源が判ったな、と思っていると飛田が続けた。

「水野の父親は、『困っている人には迷わずに手を差し伸べなさい。石を投げるのではなくパンを渡しなさい。人は恩を忘れないものである。もしも自分が困ったとき力になってくれるはずである』ってなことをよく云っていたみたいで、それが水野自身の人生に影響を与えたみたいっすね」

「遠山は見事にそれを裏切ったたってわけだ。いい人が報われるわけじゃないっていうのは、切ないものだね」

「綺麗事よりも金、という風潮が今の日本にはありますけど、俺は違うと思うんすよね。今回の事件では水野は裏切られる形になりましたけど、牧師として、いえ、人間として模範となる行動をしたと思ってます」

飛田は酔いを感じさせない真面目な響きで云った。星川は、らしくないな、と思って微

苦笑を浮かべながら、

「そうだね。わたしもそう思うよ。それにしても、遠山のことを聞いていると、水野にだけ二千万の借金があったってわけじゃなさそうね」

星川が云うと、飛田は、さすが姉さん、と数十分前と同じ冗談っぽい声色に戻して云い、

「これはまだ裏が取れてないんですけど、複数の人間から借りてたみたいですね。借金を返すために借金するっていう、よくあるパターンです」

「遠山の借金は二千万どころか、五千万くらいあってもおかしくなかったってことね」

「そういうことっす」

そう云って刺身にワサビを多めにのせて食べ、日本酒と口の中で混ぜ合わせながら堪能している飛田を置き去りにして、星川の思考は事件へと向かっていた。

多分、強くではないにしろ、水野は二千万を返すように催促をしたはずだ。世界の富豪たちからすれば二千万は端金（はしたがね）だろうが、星川からすれば大金である。教会を順調に運営している水野にとってもそうだったはずで、催促するのは当然だ。だから遠山がそれに嫌気が差して、理不尽な殺人を犯したという流れも判る。しかし、衝動的にしろ、計画的にしろ、キルベガンをわざわざ用意した理由については判らない。遠山に多額の借金があったことを知った今でも、星川は真相がちょうど今の季節に足許を彩る幾重もの落ち葉の下に隠れている気がした。しかも、ぎらついた殺意は氷柱（つらら）のように尖って見えているのに、

遠山の真意は指で撫でた瞬間に溶けてなくなる霜柱に似ていて、気味の悪い幻と向かい合っている気分だった。

キルベガンはボトルにもラベルにも特徴があるわけではない。味や香りも、星川がよく知っているように、よい意味でも悪い意味でもすっとした飲み口が印象的なウイスキーである。そのため、日本では熱心なキルベガン好きは少ない。だからこそ、遠山が何故それを選んだのか判らない。ゲール語で小さな教会を意味するから、という以上に意義はないように思える。

「どうしてキルベガンだったと思う？」

「死んだ水野が牧師だったからと考えるしかないっすね。今のところ」

「納得できる？」

飛田はグラスから手を離さずに視線だけを星川に曲げ、

「できないです。できないからいろいろ調べてるんすけど、お手上げですね。警察も、死体にウイスキーが容疑者の手で供えられていたなんて前代未聞なんで遠山から聴取を続けているみたいですけど、供えた、としか答えていないみたいで。マスコミが騒いでいるから、警察としてもさっさと片づけたいみたいですけどね」

「でも、遠山が殺したのは間違いないんでしょ？　証拠もあるし、自供もある。なら、問題ないんじゃない？」

「ええ。裁判になっても検察側が圧倒的に有利ですね。あと、遠山には前科がありすぎますから、実刑は免れないと思いますよ」

それを聞いた星川の頭はますます混乱した。わざわざキルベガンを供えても、遠山にとって利益は何もないように星川には思えた。

飛田も同じ考えのようで、

「姉さんが好きなキルベガンも被害者みたいなもんですよね。死者に供えるのは花くらいで充分っす。キルベガンを死体に添えても意味がないのに」

星川に気を遣ったのか、酒で染まった赤い息を少し抑えたようにしんみりと云った。落命した水野よりも押収されたキルベガンの方を悼んでいるようにも思えたし、星川もそう感じている部分があって、人よりもウイスキーを大事に思いすぎている自分を恥じた。

ウイスキーよりも人命の方が優先されるのは当然である。しかし、恋人のように思っているウイスキーが殺人で穢され、垢や黴（かび）でぬるついた風呂場のような不快感があるのも確かである。さっさと遠山がキルベガンを添えた理由について自供してくれればすっきりするのだが、どうもそう簡単に行きそうもない。

星川も飛田も、事件についてそれ以上は語ることができなかった。最大の疑問は残っているが、今の二人が持っている材料では解き明かせそうにないと共に自覚していたからである。だから事件とは無関係の近況を話しながら、酒と料理に舌鼓を打つことになった。

「そういや、飛田は今夜はどうするの？　まさか取材費で落とすつもりで代行を頼んだんじゃないでしょうね？」

「俺はこっちに住んでいる友達の家に泊まる予定っす。二次会ですね。姉さんも泊まりっすか？」

「そうだよ。夕飯なしの安い宿を取ってある。代行よりもこっちの方が安上りだからね。何たって失業中だから」

自虐的に云ったが、飛田は、

「俺の給料が今の三倍くらいだったら交通費やここの金も払うんすけどね。残念でならないっす」

と云って笑った。深刻な話ほど笑い飛ばしてくれる方が星川にはありがたい。

九時近くともなると、秋の早い夜が客が少なくなった居酒屋の窓をもう夜中のような闇で塗り潰した。周囲に高層ビルやネオン街がなくて樹々が多いせいだろう、三陸自動車道を通り過ぎていく車のライトがくっきりと見え、闇夜に白と橙（だいだい）のアーチをかけているように見えた。酔いが回り始めているのか、店内が静かになったせいで海風が湧き上がるように聞こえ始め、窓の外の風景から立体感と現実感が消え去り、出来すぎた模型に似ている。それはあまりにも整いすぎている水野の死と同じだと星川は思った。

※

語り終えた星川は物憂げな目で窓の向こうに広がる風景を眺めた。

秋の深まりが、地平線にしがみついている太陽を西の空の下へと引き摺り込もうとしている。沈む間際の陽射が星川の目の前にあるボトルを明るく照らし、死体を装飾してしまった『ＫＩＬＢＥＧＧＡＮ』という文字に潜む危険な刃を浮かび上がらせていた。しかし、一方で、殺人事件を彩ってしまったそれを秋らしい柔らかい光で必死に宥め、純粋なウイスキーに戻すように優しく撫でているようにも見える。

「いろんな意味で遠山が憎いですね。恩人を殺したことが何より酷いと思うし、キルベガンを事件に巻き込んだことも許せないです」

事件の概要を語り終えて星川は吐き出すように呟いた。手許のグラスのキルベガンは残り少なくなっていて、水面は咽び泣くように夕陽と店内の明かりを乱反射させて小さく震えている。淡い茶色のテーブルの上へ薄い半透明な影を落とし、『シェリー』の窓から、はしゃぐように入ってくる夕方のざわめきに、寂しくその翳りを震わせていた。

「何もキルベガンじゃなくてもよかったと思うんだけどなあ……」

云って、少なくなったキルベガンを飲み切ってしまおうとグラスを手にした。美しい白鳥が後を濁さないのと同じで、キルベガンはバニラへと変化した匂いにしがみつくことなく、潔く消え去ろうとしている。余韻が長い方が好きな人も多いが、星川はこの思い切りのいいキルベガンのフィニッシュが好きだった。

話を終えたしちょうどいいな、と飲もうとしたとき、安藤が何でもないことのようにこう云った。

「差し出がましいようですが、お手伝いいたしましょうか？」

えっ、という間の抜けた声が口から零れ落ち、星川のセミロングの髪が揺れた。その流れで膝かけ代わりにしていたブラウンのストールが滑り落ちそうになった。

「あの、もしかして、安藤さんはどうして遠山がキルベガンを水野の死体に供えたか、判ったんですか？」

「はい。とてもご丁寧にお話ししてくださったのでよく判りました」

「たったあれだけだったのに……」

半信半疑だったが、額に入れられた絵のような安藤の微笑にはそれを払拭（ふっしょく）するだけの説得力があった。星川と何でもない話をしているときも、安藤は笑みを絶やさない。喜びも悲しさも怒りも宿した表情は秋の風のように優しく、静かだった。

カウンターの端には季節の花が巨大な花瓶に活けられている。そこから首を伸ばしているコスモスが花片を落とす音でさえはっきりと聞こえそうな静けさが『シェリー』を包み込んでいるのだが、安藤の穏やかすぎる顔はそれと似ていた。だからこそ、星川は総てを安藤に任せることにした。

お願いします、と星川が云うと、

「承知いたしました。実は既にわたしの方で用意しておりました」

安藤は星川のグラスにチェイサーを注いだ。

「この事件の一番の疑問点は、星川さんが仰るように、遠山さんがどうして水野さんの遺体にキルベガンを供物として捧げたか、です」

「そうですよね。遠山は自分の犯行だと認めてますし、警察の詰めの捜査も順調みたいですから。でも――」

星川の疑問を引き取るようにし、

「キルベガンの謎だけは解けないし、警察にも期待できない。だから星川さんは考えていらっしゃるんですね？」

「そういうことになります。キルベガンを殺人の小道具にしたことが許せないですから」

星川の気持ちを汲むようにして安藤は目を瞑って頷いた。ウイスキーを愛する人間として、それを悪用した遠山を安藤も許しがたいと思っているようだった。

「何故、遠山さんがそのような手間のかかる真似をしたのか。それを理解するにはもっと視野を広げてみる必要があるとわたしは思いました」

「視野？」

「はい。この事件はあまりにも特殊ですから、どうしても、キルベガンだけに目が行ってしまいます。ですから、一度、切り離すことが大事かと存じます」

「そうすると、金を返せなくなった遠山が貸し手の水野を殺したっていう平凡な事件になりますね」

星川が思った通りのことを口にすると、

「その通りでございます。つまり、遠山さんは、そういった状況を作り出すことを避けたかった、と考えるべきだと思います」

「ちょっと待ってください。それじゃ、遠山は単純に事件を目立たせたかったたってことですか？」

それでは星川と飛田が陥った穴に落ちてしまうだけだ。このままでは安藤の推理も行き詰まってしまう、と星川は思った。

ただ、その危惧はいらなかった。安藤は細い糸で縫うような微笑みを作り、

「仰る通りです。それが遠山さんの真意でした。キルベガンを死体に供え、事件に特殊性を与えたかったのです」

「どうして？　何でそんなことをする必要があったんですか？　確かに牧師の遺骸に教会を意味する名前のウイスキーを添えるのは前代未聞だと思います。でも、本人が認めてい

るように水野を殺したのは遠山で確定していますし、何らメリットはないと思うんですけど……」

「わたしも当初はそう思っておりました。しかし、星川さんのお話を伺っているうちに、遠山さんが何を狙ったのか、よく判りました。殺害を実行した遠山さん、殺された水野さん、共にキルベガンについては思い入れがない、という情報が決め手でした」

「え？　なら、キルベガンじゃなくてもよかったってことですか？」

安藤は緩やかな波のように首を左右に振り、

「いいえ。遠山さんにとって、目的を達成するにはキルベガンでなければならなかったのです」

「被害者が牧師だったからですか？」

「はい。その通りでございます。しかも、遠山さんは教会に通っていた。キルベガンほど打ってつけのウイスキーはありませんでした。できれば殺人事件に使うのではなく、召し上がって頂きたかったのですが……」

安藤は心底悲しそうに目を伏せて、頰のあたりに翳を与えた。心からウイスキーを愛している人間でなければ作り出せない憂いの陰画であり、遠山への怒りや、殺された水野への弔意や、道具として使われたキルベガンへの哀悼が複雑に混ざりあっているように星川の目には映った。

視線を星川に戻した安藤は、

「星川さんは、永山基準、という言葉をご存じですか？」

「永山基準……ですか？　いえ、初耳です」

「わたしも数年前にお客様の弁護士さんからお聞きするまで存じませんでした」

「どういうものなんですか？」

突然話が切り替わったことに戸惑いを覚えたが、安藤が不親切な真似をするはずがない。この事件の謎を解く鍵がそこに隠されているのだと星川は確信していた。

「わたしも専門家ではございませんから、大雑把な説明になってしまい恐縮ですが、一言で云えば、人を殺したときに死刑になるかどうかの基準でございます」

「へえ。そういうものがあるんですね。イメージとしては、大量殺人の場合は死刑が多い感じがしますけど」

「動機、残虐性、社会的影響といったものが考慮されるようですので、その基準が必ずしも適用されるとは限らないそうです。しかし、星川さんのご想像通り、たくさんの人の命を奪った被告の方が死刑になりやすい傾向にあります。当然と云えば当然ですが」

安藤は息を整え、

「一九八〇年から二〇〇九年のデータを分析したものですので、古いかもしれませんが、このようなものがございます。殺人と強盗殺人を交ぜたデータですけれど、殺害人数が一人の場合は極刑になる割合は三二パーセントだそうです。一方で、二人を殺してしまった場合は五九パーセントまで跳ね上がります」

「被害者の数が多くなれば死刑になりやすいとは思ってましたけど、そこまで違うんですね」

三二パーセントと五九パーセントでは二七ポイントもの開きがある。五九パーセントということは、二人殺した場合は、約半分が死罪になる計算になる。

そこまで考えたとき、星川ははっとした。チェイサーで濡らした唇が乾いたのを感じた。遠山があそこまで水野の死を飾り立てた理由にようやく近づいたからだ。遠山はキルベガンについて、世話になった水野の魂の供養のため、と死者への追惜の言葉を口にしているが、真実は正反対である。真相はそんな真摯さとは無縁の残虐さにある、と星川も気づいたのだった。

「ミステリ小説やドラマでは、連続殺人、というものがよく扱われます。犯人が殺人の快楽に目覚めてしまうこともありますし、身の安全を図るために目撃者を手にかける場合もございます。また、これは現実ではなく、小説で拝読したのですが、最初の殺人に便乗して別の犯人が犯行を遂げ、同一人物が犯人だと見せかけるパターンもありました。ただ――」

棺が開くときのような暗い声色で、

「今回、遠山さんが画策したのは、その逆でした。連続殺人を、別々の殺人事件だと錯覚させたのです」

「ああ……」

安藤から永山基準の話を聞かされたとき、星川の心には疑惑の萌芽が生まれていて、この残忍な真相を予想していた。しかし、現実に言葉にされると、派手な炙り出しのように遠山の行いが浮かび上がってくる。

本当は二人を殺したのに、一人の罪しか償おうとしない遠山に星川は怒りと寒気を覚えた。その醜い心は犯罪者とはいえ下劣で、悪魔よりも狡猾だった。その醜い犯行に愛しのキルベガンが使われたことを考えると、寒くもないのに足が憤怒でカタカタと震えた。

「遠山さんが起こした殺人事件は二件ございました。一つはもちろん、キルベガンを供えた事件。もう一つはインターネットを通じて違法なものを売っていた方が殺された事件でございます。両者はあまりに極端です。さらに、片方は何でもない殺人事件でありながら、もう一方はウイスキーが犯人の手によって死体の傍に置かれていたことと被害者が牧師だったこと、そしてキルベガンが小さな教会を示すものだったことから、二つは完全に別物として取り扱われてしまいました」

「でも、それが遠山の狙いだった、ってことですよね」

「はい。先ほども申し上げた通り、前科があり、二人も殺したとなると死刑になる可能性が高いです。けれども、犠牲者が一人の場合は無期懲役で済む可能性がございます。遠山さんはそれを狙って、自分が起こした事件を二つに分けて、別々の犯人がいると思わせたのだと存じます。ですから、水野さんを殺した一件については警察や世間の目を欺くために、できるだけ目立つようにする必要がございました。しかし、遺体に派手に細工をしたり、現場を特色あるものにしたり、凶器を捻ったものにするといった余裕は遠山さんにはありませんでした。殺人事件をもう一件起こしているのですから当然です。そのため、水野さんの職業とキルベガンを結びつけ、不思議な殺人事件に仕立て上げることにしたのです」

当然、遠山は余罪を追及されるだろうが、前科六犯という多すぎる過去の悪行とキルベガンを水野の遺体の傍に置くという奇行が目眩しになり、もう一つの殺人と結びつけようとする人間は少なくなる。そのために、遠山は世間で騒ぎ立てられるような事件を起こしたのだった。人が死んでいる以上、こういう云い方は反道徳的かもしれないけれど、遠山は薄味の事件を濃厚すぎる味で上書きし、罪を軽くしようとしたのだった。

キルベガンを用意してこんなややこしいことをしなくても、時間を置いて殺し、連続殺人だと思わせないやり方もあった。しかし、飛田からの情報によると、遠山は多額の借金をしていたとのことだから返済期限がある。だから時間に余裕がなかったし、どちらにせよ二人を殺さざるを得なかった。それならば、ほぼ同時に殺害を行い、連続殺人ではなく単独殺人の罪を被った方がマシだと判断したのだろう。

「死刑制度については様々な意見があるので、専門家でもないわたしが偉そうに述べる立場にはございません。しかし、遠山さんには二つの殺人を行った罪を償う必要があると存じます」

「その通りですね。だから後輩を通じて安藤さんの推理を警察に教えようかと思うんですけど、いいですか？　警察も同じ答えを出すかもしれませんけど、早いほうがいいと思うので」

「はい、構いません。是非、そうなさってください」

安藤の声に頷きを返した星川は残っていたキルベガンを咽喉に流し込んだ。遠山の邪悪な意図をキルベガンの力を借りて清めたかったが、少しだけ開いている窓から流れてくる秋風が星川の心をどうしようもなく虚しく駆け抜けていき、愛するウイスキーの余韻を消し去ってしまった。

遠山の黒い悪意が星川の目に影響を与えているのか、窓の外は分厚い闇に覆われているように見えた。夜闇が深い分、窓は黒い鏡となって窶(やつ)れた星川の横顔をくっきりと描き出している。

——一気に何歳も歳を取ったみたい。

そんなことを思っていた星川の耳に、きゅっ、とコルクの鳴き声が聞こえた。そちらに視線を向けると、安藤が新しいグラスにキルベガンを注いでいる。

「ご迷惑かもしれませんが、お話を聞かせてくださったお礼です」

さっ、とグラスを星川の前に出してきた。断る言葉を失うほど、安藤の仕草は軽やかで清々しかった。早足で近づいてくる秋の夜と、帰宅ラッシュの騒がしさと、ネオンが灯り出した国分町のざわめきがあるのに、キルベガンは飄々とそれらを受け流し、緑地を颯爽と流れる風のような本来の香りを星川の鼻に届けてきた。

「悪用されたキルベガンの名誉を回復させてあげてください。きっと星川さんのような方に飲んでほしい、と今キルベガンも思っているでしょうから」

安藤は先刻までの深刻な表情を棄て去り、窓の外に輝き出した秋の月のような明るい声で云った。

「ありがたく頂戴します。ちょうどキルベガンをもう一度飲んで事件のことを自分なりに整理したいと思っていたところなので。シンデレラにしようかと思ったんですけど、わたしはもう十二時を過ぎたシンデレラですからこっちの方がいいですね」

自嘲気味に云った星川に、安藤は微笑を唇に滲ませ、

「これはわたしの解釈ですが、シンデレラは魔法にかかっているときよりも、その後の方が幸せだったと思っております」

「どうしてですか？」

「魔法はいつか解けるものですが、シンデレラがパーティーのあとに手に入れた幸せは一生のものですから」

聞いた瞬間、星川は心に罅が入ったような衝撃を受けた。

大学受験や就職活動と同じである。決して結婚がゴールではない。結婚は人生の大きな転機の一つかもしれないが、それが総てではないのだ。キルベガンが孕んでいる長い長い歴史から見れば星川が経験した苦い時間など、些細なものに過ぎない。それに、磨き抜かれた職人技術と自然が協力し合って結晶になったキルベガンを口にしていると、恋愛の泉が一度涸れたことが酷くつまらなく思えてくる。安藤の云う通り、童話のシンデレラは幸福を手に入れた瞬間だけを写真のように切り取ったものだ。不可思議な力を借りて手に入れた一瞬の僥倖よりも、死ぬまで続く幸福な生活の方が大切に決まっている。

キルベガン蒸溜所はアイルランド最古の蒸溜所だったにもかかわらず、経営悪化によって二百年もの歴史に一度は幕を下ろした。しかし、その後に歴史と文化を大事にするアイルランドの人々の力によって奇跡的に復活した。そういう過酷な過去を背負っているキルベガンが、星川に手を差し伸べてくれている気がする。

舌の上のキルベガンが星川を労わってくれるのがありがたかった。スムーズな口当たりが、ぽん、と肩を叩いてくれているようでもあった。

じっくりと味わっている星川の視線の先には、枯れ落ちる間際の樹々の葉が闇に浮かんでいて、それぞれの色の勲章をつけて今シーズン最後の栄華を誇っている。既に落ちた葉も吹き始めた秋風に乗って、透明な空気の流れに色をつけていた。

　後味の悪い事件に接してしまったのは確かである。しかし、『シェリー』でキルベガンを飲みながら、季節に応じて変わっていく仙台を眺めることができるのは幸せだと星川は痛感していたし、シンデレラにはなれないかもしれないが、この小さくも喜ばしい時間を堪能できるだけで充分だと思っていた。

　店内をジャズの音が支配した。ピアノとベースとドラムの音が継ぎ目なく流れているのだが、まるで小さな雨垂れのようで、現実には雨が降っていないのに、ぽつん、ぽつん、と音の雫が落ちるたびに波紋が広がっている気がする。星川も安藤も沈黙の約束を交わしたかのように、何も喋らなかった。ここしばらく慌ただしかった星川にとって、子守歌に似た静けさは久しぶりで心が安らいだ。

　星川が二杯目のキルベガンを飲み終わるころには、国分町のネオンが呼吸を乱した生き物のように騒ぎ出し、そのうるささに乗じて雨雲が空を浸食し始めた。時間のせいもあるが、低く垂れ込めた黒い雲がケヤキ並木の葉から色を奪って『シェリー』のある小路は暗さを増した。

　会計を済ませた星川は、

「今日はありがとうございました。お陰ですっきりしました。事件のことも、わたし自身のことも」

それに応じて安藤も深く頭を下げ、

「こちらこそ、本日もありがとうございました。どうぞお気をつけて。またのお越しをお待ちしております」

安藤の笑顔に見送られて階段を下りた星川は、記憶にとどまっているキルベガンの甘くふくよかな香りと、さっと儚く消えていくナッツに似た味を思い出していた。その一方で、今度から締めはシンデレラにしようかな、と思いながら、自宅へと足を向けた。

肌寒さを感じてバッグから白いストールを出した。別れた恋人からプレゼントされたものである。夜に肌寒さを感じるようになってからバッグに入れていたが、着る気にはなれず、かといって棄てるのもストールに申し訳ない気がしてただ持ち歩いていたのだった。

しかし、今はコートの上に巻くことができた。別れた恋人の顔はもう遠い過去となっていて、確かな輪郭は甦ってこなかった。先刻飲んだキルベガンと、これからよく飲むことになるであろうシンデレラの味が、その欠損を埋めていた。

何故、
男はタリスカーを
車内で飲んでいたのか？

ザクロを横半分に切り、スプーンで中の果肉を取り出したら薄手の布に入れて濾しながら容器に果汁を搾ります。
シェイカーに全ての材料を入れたら、軽く混ぜて酸味と甘味のバランスを確認し、ライム果汁、シロップを適量足して味を調えます。
氷をシェイカーの8分目まで入れ、しっかりシェイクした後、冷凍庫で冷やしたカクテルグラスに手早く注ぎます。
ザクロの果汁を搾る際に使用する布は、手ぬぐい又は小さめの洗濯ネットで代用できます。

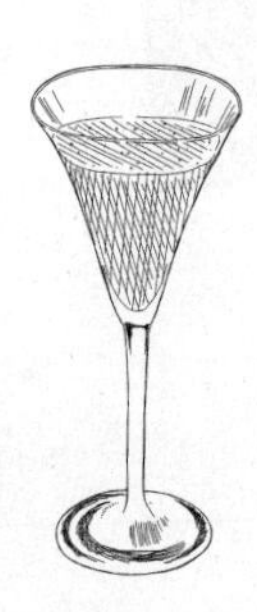

ザクロのジャックローズ

材料

カルヴァドス 30ml
ザクロ果汁 30ml
ライム果汁 10ml
シロップ適量

一言POINT

ザクロは使う1週間くらい前に用意して常温で熟成させます。

「お待たせいたしました。こちら、ザクロのジャックローズです」

安藤が持っていたシェイカーから、空のショートグラスへとルビー色の液体が注がれた。がらん、としていたグラスが一気に色づき、パーティー用のドレスを纏ったような華やかさで満たされた。

「いい色だね。このカクテルはわたしみたいな年寄りよりも、若い子に飲んでもらいたがっている気がする」

「そんなことはないですよ。こういう深みのある上品な赤い色は青地さんにお似合いだと思います」

他の人間だったら、お世辞にしか聞こえないが、安藤の柔らかな云い方だと本当のように思えてくる。社労士の仕事に六十五歳まで従事していたせいで、付き合いのある会社の社員などから接待を受けることはよくあったし、今でもたまにそういう席に呼ばれるが、コピーしたかのように酷似した笑みの羅列は、青地に何の感情も抱かせなかった。

その点、安藤が紡ぐ言葉には真実味が宿っている。かといって、本音ばかり云う妻や息子や孫たちとばかり話していると、こちらも居心地が悪い。あなた、親父、じいちゃん、といった呼び名の埃のようなものが実際の年齢に蓄積していて、自分の年齢を高くしている気がする。

だから、長年連れ添った妻と喧嘩した日は『シェリー』に来て、家庭とは別の安心を得ているのだった。安藤は自分の息子ほどの年齢だろうが、血が繋がっていないことが青地に一種の安らぎを与えていた。また、バーテンダーと客という関係性もいい塩梅の垣根を作っていた。明るいバーで話していると、年齢や関係はどうでもよくなってくる。そういう思いにさせるのだから、安藤は一流のバーテンダーと云えるだろう。

安藤にすっと頭を下げてから、青地はグラスに口をつけた。ジャックローズはアップル・ブランデー、ライム・ジュース、そして、ザクロ果汁と砂糖で作られたシロップであるグレナデン・シロップを使うのが通常のレシピだ。しかし、『シェリー』の場合は、グレナデン・シロップではなく、新鮮なザクロを贅沢に使う。そうすることによって、味はもちろん、見た目も鮮麗なものになる。また、様々な果物を使っているにもかかわらず、喧嘩をすることなく調和している。それは飲んだ瞬間の喩えようのない味で判る。アップル、ライム、ザクロが見事に三重奏を鳴らし、青地の嗅覚と味覚にずしんと響いてきた。仙台の冬特有の、朔風の吹く日にはホットカクテルもいいが、度数の高いショートカクテルで体を温めるのも悪くはない。それに、冬の匂いに翳っているものの、窓際の席には午後三時らしい眩い光が射し込んでいる。綿毛のような労わりの陽射は、青地の左手に浮いてきた血管をなぞりながら遊び、温もりで包み込んでくれていた。

八十近い皺の多い手と冬の陽光は、脆さや弱さ、という部分で馴染むのだろう。左手はじわじわと微熱を帯びながら日向に溶け込んだ。青地の体にもジャックローズが染み渡ってきて、全身が日溜まりになったような気分になった。

「美味いね、本当に。冬も悪くないな、と思えてくるよ。寒さは老体には応えるが、温かくなってきた」

ジャックローズはショートカクテルだし、安藤の腕によってきちんと混ざり合っているため飲みにくさはない。それが青地の飲む手を緩めさせなかった。

最後の一口を飲み、すっ、と空になったグラスを出すと、安藤が素早く下げた。そして、さりげなく、

「何かお持ちしましょうか？」

と訊いてきた。語調や表情次第では押しつけがましく感じてしまうかもしれないが、安藤の場合はそれはない。きっと何も注文しなくても、世間話をしてくれるだろう。

だが、安藤の背後の棚に並んでいる無数のウイスキーのボトルに視線を流したとき、ある銘柄が青地の目を奪った。最近は増えすぎていたせいか、カウンターだけでは収まり切らず、棚の方にもスコッチがジャパニーズウイスキーやアイリッシュウイスキーやアメリカンウイスキーやカナディアンウイスキーといった五大ウイスキーに交じって並ぶように

なった。いや、交じる、というよりは、もはやスコッチが半分くらいは侵食している。右奥にはクセの強いスコッチで有名なアイラ島のもの、同じように力強さのある各諸島で造られるものが出番を待って静かな目で客を見ている。その中で、荒海がデザインされたボトルと目が合った。

「タリスカーの『ストーム』が気になりますか？」

青地は気づかなかったのだが、安藤は視線を追っていたらしい。青地はそれに対して、

「そうだね。気になっているよ。といっても、味やラベルが気になっているんじゃないけれどね」

「と仰いますと？」

「このラベルを見ると、九年前のことを思い出すんだよ」

「九年前ですと、ちょうどこのタリスカーの『ストーム』が発売されて日本でも流通するようになったころですね」

タリスカーはスカイ島という島で造られているスコッチである。スコットランド北西岸沖の大西洋にある島で、人口は一万人に満たない。しかし、この島で現在操業している唯一の蒸溜所で造られるタリスカーは世界的に有名で、ファンの多いウイスキーである。『ジキル博士とハイド氏』や『宝島』の作者として名高いロバート・ルイス・スティーヴンソンはタリスカーの虜になった一人で、一八八〇年にこのウイスキーを、『酒の王者』

と称したほどである。山岳家を苦しめ楽しませる険しい山岳地帯と、荒々しい波を白く砕く絶壁と、深い霧の中に浮かび上がる紀元前の遺跡たちが、この爆発的なスパイシーさを持つウイスキーを生み出し、王者の称号を与えたと云える。

元々、厳しい環境をそのまま酒にしたようなウイスキーである。だが、二〇二一年くらいからオフィシャルのラベルがオレンジ色に縁取られたものに替わり、味わいも微妙に変化した。ごつごつとした岩に砕かれた波のような力強さは健在で、飛沫の代わりに煙が漂っているかのような味わいがある。ただ、新たなラベルになってからはその中に、ほんのりと柑橘系の甘味が加わって飲みやすくなった。青地の友人の一人は、ごつっとした感じがよかったのに、と前のボトルを懐かしんでいるし、そういうファンは一定数いる。気持ちは判らないでもないが、それならばこの『ストーム』を飲めばよいのではないか、と青地は思う。それくらい、『ストーム』にはタリスカーの屈強さが出ている。

『ストーム』の味わいはまさしく嵐である。変更前のラベルには、どんよりとした曇り空の下で真っ青な荒海が波頭となって白く砕ける様子が描かれているが、まさにその自然の営みが口の中に広がる。香りは甘いのだが、口に含んだとき、黒胡椒のようなスパイシーさが破裂するのだ。

青地はアイラ島のスコッチの個性は苦手なのだが、タリスカーは一口飲んだ瞬間に好きになった。アイラ島のスコッチは正露丸のようだったり、ヨードチンキのようだったりして、どうしても青地が幼少のころに病気や怪我をしたときのことを思い出してしまい、好きになれない。しかし、タリスカーのクセの強さは、厳しい自然をそのままウイスキーにしたような豪快さがある。そこに惹かれたのだった。

だから、『ストーム』という名前の新商品が出たときも、すぐにここで飲んだ。従来のタリスカーよりもタリスカーらしく、荒れ狂う海を実物よりも烈しく表現しているウイスキーだ、というのが最初の感想だった。それが七十近い青地の中に眠っていた若さや冒険心を刺激したのである。

だが、九年前のあの晩、青地はこの『ストーム』と妙な再会をする。バーではなく、電車の車内で邂逅したのだった。その記憶が自然と青地に『ストーム』を注文させていた。

安藤は、かしこまりました、と云い、ボトルを手に取って、メジャーカップでグラスに注いだ。もうこの瞬間に、甘美さと独特のスモーキーさが青地の鼻に届いた。

「こちら、タリスカーの『ストーム』でございます」

「ありがとう」

青地は礼を述べたあとに、少し、舐めるようにして飲んだ。すぐに琥珀色の液体が嵐へと変化して、口の中で暴れ回る。野性に満ちた液体が縦横無尽に青地の舌と鼻を蹂躙したが、味覚はぴりっとした浜辺の潮っぽさといくつものフルーツを混ぜたような旨味を拾い上げた。

「やはりいい。これはいいね」

「それはよかったです。わたしもタリスカーらしさが非常によく出た一本だと思っております」

「うん、そうだね」

そこで青地はグラスを置いて、

「これを飲むと冬の嵐を思い出すな。今日の穏やかな天気とは正反対の、嵐の日だった」

「それが先ほど仰った、九年前の出来事が起きた日ですか？」

「あれは不思議な体験だったなあ」

青地は外へ視線を投げた。同じ冬でも九年前と違い、空は午後の昼を鉛色の扉で鎖すのではなく、淡い黄金色で砕いて光を地上に散らしている。さっと広がった光のシャワーは、『シェリー』から見える仙台の街並みを穏やかな色で彩った。路上の枯れ葉は、少しでも陽が翳ると冬の暗い窪みになってしまうが、光を孕むと季節を逆行させたかのように眩しく輝き、金色の点描で街を描き換える。

窓の外や射し込んでくる光には嵐の気配はないのだが、やはり青地の脳裏には九年前の嵐の夜が甦ってきた。

「安藤さん。下らない話だが、一つ、聞いてくれないかね？」

安藤は微笑の目で受け止めた。青地はそれにほっとして、話を切り出した。視線の先で何かの宝石の乱反射のように輝いている冬の穏やかな光たちが、嵐に翻弄される白い雪の残骸へと切り替わり、青地を九年前の真冬の仙山線へと誘っていた——。

※

車窓には夜の闇と雪の白しかない。

最後に面倒を見た三十近く下の後輩が山形市で結婚式を挙げることとなり、青地は当日の午前に仙台を発ち、夕方近くの披露宴に出席したあと、ほろ酔いで仙山線の終電に乗っていた。三十代から四十代が多い披露宴だと聞いていたので二次会は遠慮しようと思ったのだが、同僚だった旧友が三人来ると知り、せっかくの機会だから、という話になって山形駅の近くの小さな居酒屋で昔話に花を咲かせた帰りだった。

といっても、七十近い青地たちの昔話に咲く花はドライフラワーである。茶色く乾き、もう十年以上前から姿は変わっていない。新しい話題は特にないから、話すことは持病や昔の繰り言だ。過去の思い出は崩れない永遠の化石になったが、一方で、結婚式で新郎新婦が見せていた幸福の煌めきを信じることができない年齢になっていることを青地は思い知らされた。同僚たちもそれは充分に判っているのだろうが、口にした瞬間に、昔の出来事だけでなく自分も化石になってしまうことを知っているからそれに触れようとしない。

その先にある、死、の一文字に辿り着いてしまうのを恐れているのである。結婚式の二次会でそんな不吉なことを思ってしまうのはよくないと思いつつも、無理をして空騒ぎしている同僚たちを見て、青地はそう感じていた。披露宴で新郎新婦が見せた、若さ、というものが誰も手に取るもののなくなった古い自伝の、破れかけた最後のページの、日焼けで読めなくなっている言葉だという気がした。

　一つの幸せと一つの虚しさを抱えながら、青地は二十一時四十六分発の仙台行きの電車に乗った。仙台市と山形市は国内では珍しく、県庁所在地が隣り合っている。だから、バスでも電車でも片道一時間ちょっとで移動ができる。自分で車を運転するのが一番自由だが、こういった酒を飲んだときには電車がありがたい。それに、バスの窮屈な空間が苦手な青地にとって電車の方が乗り心地がよかった。また、うたた寝していても、終点が仙台なので気楽である。

　さすがに日曜日の終電だけあって、出発の直前になっても車両に人影はほとんどない。四人掛けのボックス席を独り占めし、引き出物を隣に置くと、座席の温かさが青地の眠気を誘った。強風に煽られた雪が黒い壁になった窓を叩くだけで、景色はほぼ見えない。時折、風に舞い上げられて薄い煙となった雪が美しい軌跡を描きながら車窓を流れるが、それもすぐに飽きてしまい、北山形駅を発ったあたりで眠りに落ちた。

　しかし、それから五分もしないうちにある声で目を抉じ開けられた。

「あのぉ、この席を使わせてもらってもいいですかねえ？」

酔いと眠気が貼りついた目を開けると、白い糸の綻びが見えるグレーのコートを着た男が立っていた。髪は中途半端に白く、鬢の剃り残しが目立つ男である。ブラウンの靴も年月が色を奪って、虫が食ったように白い斑点が浮いている。

「他のボックス席も空いているようだから、そちらの方がゆったりできると思いますが……」

見回すと車内はがらん、としている。ボックス席だけではなく車両側壁に沿って設置されているロングシートも空いていた。

決して相席が嫌だったわけではない。だが、わざわざ青地の目の前に座る意味が判らなかったし、荷物が多いのであればなおさら空いているボックス席を選ぶのが普通だろうから、不思議に思ったのだった。

しかし、それ以上に青地の目を奪ったのは、男が引き摺っていた大きな黒いトランクだった。現代風の縦長の大型スーツケースではなく、横長で取っ手が丸い、革でできているアンティークだった。さらに同じく黒い手提げ袋も肩にかけている。やけに荷物が多いな、と青地は思った。

そのことにまず青地は違和感を覚えたのだが、楯山(たてやま)到着です、というアナウンスに混ぜるようにして男が、

「いえね、ここ数日、一人で仕事をしていたもんで……久しぶりに会話をしたいと思いましてね。ご迷惑でしたかね？」

「わたしがいい話し相手になるか判らないですが……そういうことでしたら、どうぞ」

相手にそう云われると却って拒否しにくい。それに青地は喧嘩腰の相手には強く反発できる一方で、下手に出てくる相手には弱い。後々になって、このとき強く拒否していればと後悔することになるのだが、ほろ酔いも手伝って許してしまった。

男は、ありがとうございます、と軽く会釈をして、左肩にかけていた手提げ袋の方を網棚にのせ、小柄な小学生くらいだったら入りそうな黒いトランクの方は大事そうに足許に置いて、ふう、と一息吐いた。

肌の張りや皺の加減、両手の動きからして、歳は青地よりも十くらい下に見える。だからそこそこの年齢なのだが、背が丸まっているせいもあって、風采の上がらない男である。堅い職業に就いているようには見えなかったし、かといって、やくざで子分を従えているようにも見えない。実感も立場も得ないまま、年齢だけが自分を追い越してしまった典型的な初老だった。

だが、大きな黒いトランクと同じように青地の注意を引いたのは、男の目だった。角氷のように尖っていて、ぞっとするものがある。目以外は冴えない男だけに、余計に鋭さが際立った。

「今日は寒いですねえ……」

男は独り言のように云ってから、わざわざ揺れる車内でもう一度立ち上がり、網棚の手提げ袋から一本の瓶と紙コップを出した。

どうして大きな荷物であるトランクを網棚に置かないのだろうか、と青地は不審に思ったが、男が先手を打った。

「こっちのトランクは網棚にのらないみたいなんで、足許に置かせてもらってますけど、いいですかね？　お邪魔だったらすみません」

「あ、ええ。構いませんよ」

新幹線などの長距離移動用の列車ならば、網棚も大き目に作られているかもしれない。だが、仙山線はそういう作りにはなっていない。青地が改めて網棚を見ると、男の云うように大きなトランクはのりそうにないし、中途半端にそうして途中で落ちてきては困る。少々、邪魔になるが、足許に置いてもらった方がよさそうだと青地も思った。

視線を頭上の網棚から元に戻した瞬間、青地は、あっ、と声を出しそうになった。男が手にしたのが、荒々しい海がデザインされた、タリスカーの『ストーム』だったからである。

青地の顔色が変わったのが判ったのだろう、男は、かさついた唇を歪めて、

「おや、ご存じでしたか。このウイスキーを」

「ええ……まあ……」

知っているどころか、一週間ほど前に飲んだばかりだ。しかも、一口飲んだ瞬間に気に入ったほどの逸品である。思わず青地の口から声が漏れてしまうのも当然だった。

「このウイスキーを知っているということは、あなたも相当、お好きなようですな。今日もお飲みになってきたんですか？　結婚式か何かの帰りですかね？」

「そんなところです。式では『ストーム』どころか、普通のタリスカーさえも出ませんでしたが」

「おやぁ、これはかなりお好きなようですね。『ストーム』をご存じの方には初めてお目にかかりました」

高価なわけではないが、発売されて少したつものの、日本での知名度は低いから当たり前だろう。だが、男はまるで同志を見つけたように頬をだらり、と弛ませた。そして、男は下品な笑みを保ったまま、紙コップを一つ青地に差し出してきて、

「どうです、一緒に一杯。仙台まで、ちょっとやりませんか？」

訊きつつも、男はもうタリスカーを開けている。そして、窓際の飲み物置きに紙コップを並べてそこに注ぎ始めた。新幹線のように揺れがないわけではないが、急カーヴもないので、零れる心配はない。

「どうぞどうぞ。あ、申し遅れましたが、わたし、こういうものです」

男はコートのポケットから、皺くちゃになった名刺を出した。Hという会社名と山形支店課長、岩室という文字が流れていた。

「不勉強で申し訳ないが、Hさんはどういうことをしている会社なんですか？」

「マニアックな会社なのでご存じなくても仕方ないですよ」

岩室は嫌な顔一つせずそう云い、自社の説明を始めた。

Hは人体模型や医学模型を扱っている会社らしい。青地とは畑違いなのでまったく知らなかったが、その道では有名なようである。

「そういう模型は授業では大して使わないじゃないですか？　でも、教育用ですから、精密に作らないといけないから高いんですよ。人体模型で約十五万、脳や歯や目や鼻も五万以上ですかね。ただ、ライバル会社が少なくて競争が過酷じゃないもんで、気楽なもんですよ」

自虐的に笑いながら、

「その上、購入費用の大半が税金ですからねえ。我ながら酷い商売をしているなあ、なんて思うときもありますよ」

そんなことを云いながらも、罪悪感はなさそうな口振りである。

名刺を受け取りながら、すっかり酔いが醒めた青地はちらり、と岩室の顔を眺めた。岩室は醜い皺を口許に作りながら、青地を見ている。岩室の言葉通りならば、それなりの高給取りのはずなのだが、とてもそうは見えない。何らかの理由で偽物の名刺を出したのかもしれない、と青地は思った。

しかし、名前を偽装して、自分とタリスカーの『ストーム』を飲む理由も判らない。まずは『ストーム』に毒物なり睡眠薬が混入しているのではないか、と疑った。睡眠薬を混入していて、財布や貴重品を抜き取る可能性もあるのではないか、と青地は考えた。海外では一般的な手口である。だが、周囲に乗客がおらず、犯行が発覚しない可能性はあるとはいえ、駅員には見られている。ましてや、客が少ない時間帯だ。こんな判りやすい状況で毒物混入など、殺人を犯せば、捕まえてくれと云っているようなものだ。

仙山線というローカル線でそれを行うと、容疑者が特定されやすい。終電で客がほとんどいないとはいえ、地下鉄サリン事件以降、電車の警備は強化されているから、乗務員なり警備員が見回りに来る。そんな中、ご祝儀を払い終えた青地を狙うメリットは少ない。

そんなことを考えていると、

「変なものなんざ入っちゃいませんよ。一時間、暇なもんで、飲み相手をしてもらいたいんですよ。それに、ウイスキー好きならばなおさら」

岩室にずばりと云われ、気まずくなった青地は、

「いや、岩室さんを疑っていたわけじゃないが、こんなことは初めてでね」

「そうかもしれませんねえ。ビールならともかく、電車の中でウイスキーを、しかも、タ

リスカーの『ストーム』を飲む客なんぞ、いないでしょうなあ」

やけに上機嫌でそう云ったあと、

「でも、『ストーム』を飲むにはいい天気のようですよ。ほらぁ、どうです?」

視線を青地から窓外を流れていく景色へと向けた。舞い狂った雪が闇を裂いて、夜を白く砕いている。その底に、オレンジ色の小さな炎が、自然のネオンのような色で燃えていた。今でも寒い地方では線路の凍結を防ぐためにポイントの部分などに融雪カンテラを置いているが、どうやらその炎らしい。燈はピアノ線で結ばれたように線路沿いに繋がっていて、嵐に沈んだり、浮き上がったりしながら青地を乗せた車両を仙台へと導いている。

青地が若いころはもっと寒かったので、冬の電車の風物詩だったが、今は見かけるのは珍しい。しかし、その郷愁よりも、荒れ狂う白と黒の波間で揺れるその火がどこか恐ろしく見えた。目の前にいる岩室のせいだった。

遠い漁火のようなカンテラの持つ怪奇さが幻想性を剝ぎ取って、不気味さだけを青地に投げてくる。幻に似た炎、それとタリスカーの『ストーム』を勧めてくる男が現実のものとは思えなかった。

だが、紛れもなく岩室はいる。そして、少し強引に青地にコップを持たせ、注ごうとした。

しかし、青地は、さすがに、

「すぐに乾杯したいのだけれど、ちょっと時間をくれないかね？」

「いいですが……何か急ぎの連絡でも？」

「まあ、そんなところですよ」

そう云いながら、ありもしない連絡の用件を考えている青地の胸に疑惑が膨らんできた。

——この男は何を考えているんだ？

疲労と酒と年齢が体に澱んでいるとはいえ、青地も初めて会った人間の差し出すウイスキーを飲むほど馬鹿ではない。未開封のものを開けたのを確認しているし、コップに妙なものを混ぜた様子もなかった。けれども、素人の目を欺き、薬を入れることは、少しでもその手の技術を齧った人間ならば容易い。

だが、やはり先刻考えたように、この岩室という男がそんなことをするメリットは少ないように思える。ならば、タリスカーの『ストーム』という御馳走をタダで味わった方がいいのではないか。そんなことが頭を掠めた。

そのために、青地は一つ、岩室を試すことにした。

「一杯頂戴する前に、妻に電話をしてきてもいいかね？　山形に泊まるか終電で帰るか決まったら電話をしろ、と云われていたのを今思い出しましてね」

「あぁ。それは大変ですね。奥様も心配なさっているでしょうから。乾杯は待ちますから、どうぞどうぞ」

岩室はまったく表情を変えず、そう云って青地をデッキへと送り出した。デッキへ行き、携帯で電話をするフリをしながら、青地の頭は久しぶりに猛烈に回転し始めていた。岩室という男の狙いを知りたかった。ここで妻に電話することをあっさりと許可した岩室は青地の命を取ったり、金銭を盗むことが目的ではない可能性が高くなった。そういう企みがあれば、名前や風貌を伝えるかもしれない電話を、まあいいじゃないですか、とでも云って後回しにさせるはずだからだ。

——だとすれば、何が目的だ？

デッキから席へ戻りながら、車両を見渡した。昼間は家族連れや観光客で賑わっていたのだろう、騒ぎの残響のようなものがフロアに落ちているジュースや灰色に残った足跡にある。だが、日曜日の終電はがらん、としていて、昼間の疲れを曝(さら)け出していた。青地と岩室の四人掛けの席は車両の真ん中に位置しているのだが、他に乗客はいない。

何故、岩室は青地のいる席を選んだのか。ウイスキーを一緒に飲みたかった、という理由もあるだろうが、何か別の意図を感じた。それに、青地が最も気になっているのは、小柄な小学生ならば入りそうな大きな黒いトランクである。大きすぎて網棚にのせられないとはいえ、何か足許に置かなければいけない理由がある気がした。

席に戻ると岩室は、

「早かったですね」

と青地を試すような云い方をした。小さな新しい紙コップを渡して、どこから出したか、安っぽいビーフジャーキーを窓側の小さな物置きに広げていた。

「タリスカーの『ストーム』をどうぞ。これしかツマミがなくて申し訳ないですがね」

「いや、腹がいっぱいだからちょうどいいですよ。それに、このウイスキーは強烈な香りと味わいがツマミでしょう。ビーフジャーキーで充分ですよ」

岩室は嬉しそうに頷いて、青地のコップに『ストーム』を注いだ。『シェリー』で飲むグラスと比べると紙コップは風情がないから味は期待していなかったが、

「では、乾杯をしましょうかね」

岩室の声とともに紙コップを触れさせ、口に含むと、『シェリー』のときとは違った美味しさを舌が見つけた。流れていく吹雪を眺めているせいか、熱いとも冷たいとも云えないスパイシーさが広がる。

満足したことが顔に出てしまったのか、岩室はまた粘りついた笑みを重ねて、

「やはり美味いですねえ。こういう日にはぴったりだなぁ」

「そうですな。やはり体の芯から温まる。車内でウイスキーも悪くはない」

青地は本音で話しながら、岩室の表情を窺っていた。青地は舐めるようにして飲むが、岩室は一気に呷ったようで、顔が少し赤味を帯びてきている。そして、手は既に二杯目の準備を始めている。

車内に充満するほどの匂いではないが、目の前にいる青地には岩室の息が放ったウイスキーの強烈な香りが届いた。飲んでいる青地でさえも、匂いが判るほどである。岩室が二杯目をコップに注ぐとその香りはさらに高まった。

列車が山寺（やまでら）を過ぎたとき、青地の足が岩室の黒いトランクを蹴った。ほんの少しだけ列車が揺れたのと、酔いのせいだった。ただ、蹴った、といっても、多少強く触れた程度で大したことはない。

だが、その瞬間、それまで乱れのなかった岩室のにやけ面に一筋の罅が入った。それと同時に、俊敏な動きでカップを置いて、黒いトランクを青地の足から遠ざけて、座席の下の空間へと避けた。

「いや、申し訳ない」

突然の豹変に驚きつつ謝ると、岩室は自分でもはっとしたように、再び微笑で表情に走った亀裂を補修した。

「どうぞお気になさらず。足許に置いたわたしが悪かったんですからね。それよりも、もう少し、いかがです？　せっかく開けたんだから、飲んじゃいましょうよ」

七百ミリリットルを一時間足らずで二人で空けるのは無理があると思ったが、大切そうにしている黒いトランクを蹴ってしまった負い目がある青地は岩室の勧めに応じて、紙コップを差し出した。光り輝くゴールドとそこから広がる潮の匂いが青地の食欲を誘い、ビーフジャーキーを一欠片口に入れると、また『ストーム』を飲み始めてしまった。

アルコールが入ると多くの人は観察力が落ちるようだが、青地は違った。却って、目の前の岩室の様子を備に見るようになった。どうして、黒いトランクにこんなにこだわるのか、それが気になった。

中に何らかの大事なものが入っているのは間違いないと青地は思った。しかも、他人には見せられないようなものだ。誰にでも見せていいもの、仕事で使っている道具や着替えなどだったらあんなに狼狽する必要はない。演技かもしれないが、それにしても、何故、そんなことをしなければいけなかったのか、理由があるはずだ。

そのとき、青地の頭の中で、岩室の職業と、前々から囁かれる、理科室などに飾られている模型に関する噂が繋がった。

もしかして、この黒いトランクの中身は人体模型なのではないか。しかも、プラスチックではなく、本物の骨を使ったものなのではないか――。

山形と宮城の県境の面白山高原駅の冬は白い。無人駅は雪で覆われ、降車客も昼間にスキーヤーが何人かいるくらいである。その駅に電車が着くと、車窓に霧のような薄さで雪が流れ始めた。粉雪が風で吹き上げられ、夜陰よりも雪の白さが勝っているように見える。行く先が本当に仙台なのか、不安になるような白い流れだった。

青地の胸騒ぎが景色をそう見せているのだが、同時に岩室への興味もあった。本当に人骨を運んでいるとしたら、ちょっとした騒ぎになる。山形から仙台へと遺棄をしに行く途中だとしたら、事件である。不謹慎だが、そこに自分が関係している興奮があった。

岩室のトランクに入っているのが本物の人骨なのではないか、と青地が考えるのには理由があった。数年前に妻が見つけたニュースである。全国各地の学校の人体模型が本物の骨であることが判明し、さらには脳のホルマリン漬けまで本当のものだった、という報告があったという。最近になり、次々にこのような案件が発覚していて、問題になっているという。

しかし、凶悪犯ならば話は別だが、鼻歌交じりでウイスキーを傾けている岩室の手はとても凶悪な人間のもののようには見えない。完全な堅気ではないが、人を殺して、遺体をトランクに入れて運ぶ大胆な真似はできないと、仕事を通して様々な人間を見てきた青地は判断した。そもそも、殺した人間を山形から仙台へ運ぶのなら、車を使った方がいい。それに、他にも席が空いているにもかかわらず、わざわざ青地のいるボックス席に来たこと自体、おかしい。ひっそりと遺体を運搬している人間とは思えない。しかも、この仮説は飛躍がすぎる。

だが、この不可思議な状況を説明できる仮説はある。それは、先刻、青地が考えたように、トランクの中身が本物の人の骨格や臓器を使った標本である場合だ。それが発覚した場合、専門外の青地の想像になるが、学校側は処分に困る。行政に訴えても、警察はそれが本物だと鑑定するだけで動いてくれないだろう。教育現場なので標本の購入や使用に関する規則はちゃんと存在するはずだが、本物だった場合の想定などしないからそれに関する規則はないと青地は思った。だから、もしも本物が見つかっても学校側は対応に困る。

かといって、本物をそのまま教室に飾っておくわけにもいかない。そこに通っている生徒や教師にとっては薄気味悪いだけだし、保護者からもクレームがつきそうだ。ならば、学校側はそれをどう処理しようとするだろう。どこかの学校が、岩室の会社のようなところに頼んで、学校から運び出す手段を採ったのかもしれない。

「どうかしましたかぁ？」

急に口を噤んだ青地の異変を感じて、岩室が酒臭い息とともに訊いてきた。

「いや、改めてこの『ストーム』の美味しさを感じてましてね」

取り繕うように云って青地は、ぐっ、と残っていた中身を咽喉に流し込んだ。あっという間に、ペッパーのような強烈なスパイスと、岩にぶつかって散る荒波に似た潮っぽさが青地の体中に広まり、嵐の中にいる気分になった。夜の鏡となった窓は『ストーム』のラベルを淡く映し込んでいて、青地をスカイ島へと誘惑しているようだった。『ストーム』の力強さが青地の中で熾火のようになった疑惑を押し流そうとしている。

「美味しいですよねぇ、これは。さあさ、もう一杯、どうぞ」

岩室もそれに拍車をかけ、たっぷりと青地のコップにウイスキーを注いだ。どうもどうも、と青地はにこやかに答えながらも、途切れた疑念を再考し始めていた。一度は止めた疑惑というレコードに再び針を落とし、線路と電車が奏でる音と一緒に耳を傾けようとしていた。

トランクに入っているものが何でもないものだったとしたら、岩室は人恋しくなって青地に声をかけ、酒を振る舞ったことになる。それはそれであり得ることであるし、何も問題はない。だから、このまま仙台まで一緒にウイスキーを飲み続ければいい。

岩室の名刺が本物で、トランクの中身がただの人体模型やプラスチックの標本である場合、これもまた問題はない。岩室が赤ら顔の裏側で不法投棄を狙っているのだとしても、青地は何の協力もしていないので問題はないだろう。それに、たったトランク一つ分のものを山中に棄てに行くとも思えないから、可能性は低い。トランクの中身が模型や標本であろうがなかろうが、青地には何のリスクもない。

だとすると、一番懸念すべきはやはり、トランクに本物の人骨が入っているということである。青地は実際にそれが事実なのか知らないし、きっと酔ったまま仙台まで着くので判らないままだろう。しかし、後々、岩室が死体遺棄で逮捕された場合、証人として青地が呼ばれる可能性がある。それは避けたいと思った。

いや――。

証言を避けたい、という思いよりも、トランクに本当は何が入っているのかを知りたいという気持ちが強かった。一時間ちょっとの時間とはいえ、人骨と旅をしたというのはあとで笑い話になるかもしれないが、生きた心地がしない。入ってはいけない場所で遊ぶ子供のような気持ちがある一方で、やはり、すぐ近くに人骨があるというのは空恐ろしいものがある。好奇心と恐怖、恐ろしさと興味——どちらが優勢なのか自分でも判らなかった。

それにしても、もしも、人骨が入っているとして、どうして岩室は青地に声をかけ、一緒にタリスカーの『ストーム』を飲もうとしたのか。それが疑問だった。極力、目立たないようにするのが定石ではないのか。

しかし、それは岩室のちょっとした言葉から氷解することになった。

「それにしても、タリスカーの『ストーム』を電車の中でこんなに楽しく飲めるとは思いませんでしたよ。青地さんのお陰だなぁ。会社のやつらはウイスキーを飲まないんですよ。しかも、タリスカーのこれは強烈なウイスキーでしょう？　こんなのを飲むのは岩室くらいだ、っていつも馬鹿にされていたんですよぉ。だからやつらを見返すいい土産話になります」

「そうですか、そうですか。まあ、ウイスキーがブームになったとはいえ、苦手な人はいますからね」

受け答えをしつつ、ぴんと張っていた糸が切れたように、岩室の狙いに関する鋭い閃(ひらめ)きが三つ、青地の頭を駆け抜けた。

一つはタリスカーの『ストーム』を一緒に飲むことによって、青地の嗅覚を惑わせることである。フェノール値が高く煙臭いと云われるアイラ島のウイスキーのいくつかと比べると匂いはそこまで強いものではないが、『ストーム』はいい意味で荒れた香りがする。それで人骨に微かについている生臭さやホルマリンの匂いを消そうとしているのではないか、と青地は考えたのだった。もちろん、そこまで匂いのする標本が今まで学校に置かれていたとは思えないが、骨はともかく、臓器のホルマリン漬けの方は何らかのアクシデントで漏れてしまうこともある。そうなれば、青地に気づかれてしまう。

二つ目は仙台に着き、目的の場所に骨などを遺棄する過程で警察に見つかった場合への対応である。棄てているときに警察に尋問を受け、鑑定されて本物の骨や臓器だと断定された場合はどうしようもないが、仙台駅に降り立ち、どこかへ廃棄する過程で職務質問を受けた場合、これは標本で適切な処分をするところです、と云い、その証拠に青地の名前を出すことはあり得る。本物の人の人骨を運んでいるのに相席になった人と酒を酌み交わすなどおかしい、と主張するのも有効だろう。確かに常識的に考えれば、そんな危険な真似はしない。だからこそ、効果がある。そのために、青地が利用されているとも考えられた。

最後は、犯罪を行っている最中の人間が呑気に見も知らぬ人間と酒を飲むはずがない、という意識を駅員に植え付けることである。仙山線は、新幹線や特急のような切符のチェックはないが、山形から仙台までの間に乗務員や警備員は回ってくる。その人々の目に、ウイスキーで盛り上がっている場面を焼きつけておこうとしているのではないか。人骨を運ぶという危険な仕事の最中に酔っぱらう犯罪者などいない。その考えを逆手に取ろうとしているのかもしれない。

そんな青地の当惑を余所に、岩室はさらに『ストーム』を自分のコップに注いだ。もう四杯くらいは飲んでいて、紙コップが濡れて歪み始めている。

「青地さんも、遠慮なさらず、どうぞどうぞ」

「岩室さんは酒が強いですなあ。わたしはちょっと酔っぱらってきたようです。少し、眠くなってきました」

「青地さんは結婚式でも飲まれましたからね。それに、お疲れでしょう？　仙台が終着ですし、近づいたら起こしますんで寝ていても構いませんよ」

親切さを見せたが、青地はその言葉をそのままの意味に受け取らなかった。あと四十分もすれば仙台に着くが、その間に何をされるか判らない。何もされなくても、岩室が駅員に大きなトランクを怪しまれ、中身を見せる羽目になったとき、岩室さんとは車中で一緒にのんびりとウイスキーを飲んでいましたよ、本物の人骨を運ぶ人間がそんな悠長な真似をするはずがないですよ、と証言することになるかもしれない。そのように利用されるのはシャクだった。

青地は気付けに『ストーム』を一口含み、岩室を試すようにこう問いかけた。

「岩室さんはHさんでは主にどんな仕事をなさっているんです？　いや、今日会ってきた同級生に元理科教師がいましてね、現役時代は標本購入を担当していたなんて話をしていたなあ、と思い出しましてね。こういう業界は狭いようですから、Hさんの仙台支部の方とも取引していたかも、なんて思ったんですよ。もしかしたら、友人の知り合いが仙台支部にいるかもしれませんなあ」

当然、嘘である。しかも、唐突に作った話だから我ながらおかしいな、と青地は思った。けれども、青地は岩室がどういう反応を見せるか試してみたくなったのだった。

岩室は赤くなった顔を皺くちゃにして笑い、

「仙台支部にはわたしと同い年の安住という男がいますよ。といっても、わたしと違って、部長という肩書きつきですけれどねぇ」

「安住さん……今度その友人に訊いてみますよ。でも、酔っているから憶えているかどうか。いやあ、最近はここがすっかり駄目になって」

青地は自分の頭を指して自虐的に笑ったあと、動揺を誤魔化すようにして、また『ストーム』を一口飲んだ。

安住という社員がいるかどうかは判然としない。だが、少しの間もなく、部長クラスの名前が出てくるのは予想外だった。もしかしたら、本当にHの社員で、ただ単に何かの用事で山形から仙台へ向かっているのかもしれない。

そうは思ったが、やはり、大きなトランクが気になる。人骨とともに旅をしているのか、それともそれはただの思い過ごしなのか。それをはっきりさせたかった。

「ところで、その黒いトランクはなかなかいいものですね。使い込まれていい色合いになっている」

視線を岩室の足許へと這わせた。自分でも判るくらい、露骨な目の動きだった。

しかし、これに対しても岩室は、

「そうですかねぇ？　貧乏なもんで、新しいものが買えないだけですよ」

「いいものは長持ちしますし、長く使うことで味が出ますからなあ。しかし、それだけ大きいと何でも入りそうだ」

何でも、という点を強調したつもりだったが、岩室の飄々とした表情は崩れず、

「大きいという面では便利ですねぇ。こういう二泊三日の仙台出張程度なら、これ一つで十二分です」

もっと踏み込んだ云い方をしなければ中身の正体が摑めないと思った青地は、

「出張となると、いろいろなものを運ぶ必要がありそうですな。たとえば、Hさんが扱っている、人体模型のような」

そう云った瞬間、さすがにしゃくれて冷たそうに見える岩室の顎がぴくり、と動いた。

そして、酔っても大して変わっていなかった目に棘のような攻撃的なものが宿った。

「青地さん、このトランクの中身が気になっています？」

岩室は意味ありげな微笑を浮かべて青地を一瞥した。濁っている目が鋭利な刃物となって青地を突き刺している。ウイスキー好きの顔は流れていく景色の中へと棄てたようで、雰囲気が一変した。

青地の心臓に冷たい雫が落ちた。踏み込みすぎたという後悔と、好奇心に唆されてしまった自分の愚かさを、やっと青地は思い知った。

岩室はさらに足許のトランクに目を落としながら、

「青地さんはこのトランクの中に人の骨が入っているんじゃないか、とお思いになっているのでは？」

愛子駅の到着を告げるアナウンスが終わった直後にそう訊いてきた。愛子でたくさんの人が乗車してくればよかったのだが、この時間帯に乗り込んでくる客は誰もおらず、車両は相変わらず閑散としていた。雪が白い砂嵐のように窓に襲い掛かり、それと同じ獰猛な静寂さが岩室の目によって青地に浴びせられていた。強風に煽られる愛子駅前の広場の枝垂桜の怒号が窓を通して聞こえてくる気がする。それほどまでに青地は焦っていた。

――もしも岩室が仙台へ人骨を運搬しているとしたら、自分の身が危うい。殺されないまでも、自分の立場を危うくする人物としてマークされるかもしれない。

その事態を避けるために、青地は引き攣った笑みを作りながら、

「いやいや、そんなことは思っていませんよ。Hさんは優良な企業のようですから。そこの社員である岩室さんが人骨を運ぶなんて考えられないですな。そもそも、電車で人骨を運ぶなんて車がここまで発達した現代じゃ考えられない」

一気に云い切った。声は震えなかったが、背中を冷たい汗が滑り落ちている。青地は薄ら寒さを振り払うようにして、『ストーム』を咽喉に流し込んだ。灼けつくような刺激があるはずなのだが、岩室が放つ緊迫した気配のせいで何も感じなかった。

だが、岩室は青地の話を信用したらしい。表情も話し方も元に戻し、

「仰る通りですねぇ。わたしも自慢できるような生き方はしていませんがね、そこまで危険な真似はしませんよぉ。何なら、このトランクを開けて中身をお見せしましょうか？　着替えやら酒やら仙台の観光ガイドやら、つまらないものばっかりですよ」

古びたトランクの持ち手に手を伸ばした。鉄には錆が噴き出ていて、羊羹色をした皮の部分は草臥れている。しかし、それらがこの黒いトランクをより秘密めいた道具にしていて、他人が見てはいけないもののように見せていた。

だからこそ、青地は自分から仕掛けておきながら、臆病風に吹かれてしまい、

「いや、結構。妙な勘繰りをしてしまって申し訳ない」

緊張の次は焦りが上擦った声を紡いだ。トランクを開けさせたものの、人体模型や臓器

模型どころか、着替えや仕事用の書類が出てくるだけだったら、青地が恥をかくだけだ。しかも、トランクの中に人骨がある、などというフィクションめいた疑いをかけたという汚点が残る。そうした場合、仙台に着くまでの時間が気まずいものになってしまう。

何よりも、この岩室の自信に青地は敗けていた。ギャンブルでよくある、ブラフというものに青地は引っかかってしまった。中身が本物の人骨だったとしても、岩室がここまで堂々としていると開けさせにくい。青地に自信と度胸があれば、トランクを開けさせ、中身を確かめただろうが、それができなかった。つまり、中身が何であれ、岩室は青地との賭けに勝ったのだった。

岩室は満足そうにトランクから手を放して、再びコップを持ち、『ストーム』をゆっくりと嚥下すると、

「でも、青地さんの疑う気持ちも判るんですよ。いえね、この手の仕事をしていると、そういう疑いをかけられることもあるんですよぉ。この間もね、関節、ほら、骨の関節の模型って整骨院や整形外科にあるでしょう？　あれを郊外の整形外科に運んでいたとき運悪く職質に遭っちゃいましてね。いえ、普段なら整形外科の駐車場に車を置いて病院に入るんで警察の目はないんですけど、その日は患者さんがいっぱいで。それで離れたところに車を停めて、せっせと模型を運んでいたら、たまたま通りかかった警官に見つかっちゃいましてね。お天道様があるうちから、本物の骨を運ぶ真似なんてしないって云ったら納得し

てくれましたし、ぱっと見でプラスチックと判るものだったんで大事にはなりませんでしたけどねぇ。まあ、いろんなところから本物の骨が見つかるご時世ですから、仕方ないですねぇ」

「やはりご苦労なさっているんですね。疑って申し訳なかった」

「いえいえ、警察でさえそうなんですから、気にしないでください。数年前から立て続けに本物の骨やら臓器が見つかったのが悪いんですからぁ」

「そうですね。そう云って頂けるとわたしも救われますよ」

ほっとして云うと、すぐに岩室が青地と自分のコップに『ストーム』をまた注いだ。そして、申し合わせたように、一緒に口へ運んだ。青地はそれがこの話の終止符だと思った。岩室の方もこれで愛子から仙台までの二十分ちょっとの間を何事もなくやり過ごせると思っているのか、ビーフジャーキーを齧りながら、五分の一ほどまで減った『ストーム』にまた手を伸ばした。

夜を巻き込む白い嵐の先に、ぽつりぽつりと街の明かりが仙台の夜の目のように見え始めた。日曜日の深夜だけあって明かりの数は少ない気がするが、岩室という得体の知れない人間と向かい合っていたせいか、その燈を見て、青地は安堵した。

安心はしたが、靄は晴れていない。中を見せてもいい、と云うくらいだから、人骨が入っている可能性はほぼ消えたが、では、何故、トランクを手の届く範囲に置き続けて青地を牽制しているのか。また、トランクに疑いを向けたときの岩室の反応がそれまでと違って、余裕が消えたのはどうしてか。そして、二人がかりとはいえタリスカーの『ストーム』をたった一時間ちょっとの間に飲み干そうとしていることにも意味があるように思える。

総ての疑問を結びつける舫があるはずなのだが、青地にはそれが判らなかった。他に空いている席があるにもかかわらず青地の向かいに座った意味、何故か意味ありげに足許に置いている大きなトランク、急激に減っていくタリスカーの『ストーム』、酔いが回って次第に呂律が回らなくなっていく岩室――それらが何を暗示しているのか、青地には理解できなかった。

しかし、もう東北福祉大前に電車は到着してしまった。平日は夜でも学生がよく見られるが、今日は頭上の燈が、雪を薄く纏ったホームを空漠と広げているだけである。

仙台まではあと十数分しかない。岩室の謎を解くには時間がなさすぎる。それに、もう岩室は泥酔していて、きちんとした会話が成り立ちそうもない。

「そろそろ終点ですかぁ。青地さんのお陰で楽しい道中でした。これで明日からの仕事も頑張れるというものですよ」

「わたしの方こそ、『ストーム』を御馳走になってしまって。名刺の住所に何か仙台名物でもお送りしますよ」

青地にとって、最後の抵抗のようなものだった。名刺が偽物ならば、そこに物を送られるのは困るはずで、岩室の顔色を観察したいと思った。

だが、岩室は毛虫のような太い眉をまったく動かさず、平然としたまま、

「そんなお手間を青地さんにおかけするわけにはいきませんよ。こうして飲み相手になってくれてありがたかったんですから。こちらが山形の名産でも送らないといけないくらいです」

ふやけて使い物にならなくなった紙コップを、くしゃ、と握り潰して、空になったビーフジャーキーのプラスチックのトレーと一緒にビニール袋へ棄てた。そして、これ、最後に飲んじゃいますね、と青地に断りを入れたあと、『ストーム』の瓶をラッパ飲みして、あっという間に空にした。岩室は豪快な飲み方で、自分に向けられている青地の疑いの目と、いくつかの不審な点と、一時間ちょっとの妙な旅とに終止符を打った。

仙台駅は純白の嵐に巻き込まれ、白雪の裾をところどころに這わせている。七番線に到着すると、青地も岩室もゆっくりと荷物をまとめ、降りる準備を始めた。ここが終着駅なので、急ぐ必要はない。

本当にこれが最後だろうと思った青地は、重そうに引いている黒いトランクの運搬の手伝いを申し出ようとしたが、やめた。中身の手がかりが摑めれば土壇場で提案する価値はあるが、何らかの理由をつけて拒否するだろうし、最後の最後で岩室に悪印象を与えるの

もよくないと思った。

ホームには疎らながらも客がいたが、一様にコートの襟を立てて、無言で階段を上っており、冷たい沈黙が流れている。青地は引き出物を、岩室は黒いトランクと手提げ袋を手にして、またどこかで会えたらいいですねえ、といった定型的な社交辞令を口にして改札口へ向かった。

改札口を出て、ステンドグラス前まで行くと、

「宿泊先のホテルが東口なんでぇ、ここで失礼しますね」

酔いが語尾をだらしなく伸ばしている。トランクに敗けそうな足取りになりながらも、岩室は数年前に大工事が行われて洒落た作りになった東口へ足を向けた。

「わたしはこっちですから。タクシーでも拾って帰ります。今日はどうもありがとうございました」

青地もそう応えて、岩室とは逆の方面へ向かった。結局、有耶無耶なままに終わってしまったな、と思いながらステンドグラス前へ出ると、夜が黒い寒風を吹きつけてきて、青地の手を悴(かじか)ませた。その拍子に引き出物がタイルに落ち、がた、と音がして、そういえば結婚式に出るために山形へ行ったのだということを思い出した。新たな門出である結婚式と、死が間近に迫った仲間たちとの同級会と、本物かどうかは判らないが終焉の先にある骨。たった一日で三つの人生の節目に立ち会ったのだな、と思うと感慨深いものがある。

だが、やはり岩室の黒いトランクの中身が何なのか、気になって仕方なかった。しかし、それに答えを出せぬまま帰路に着き、そして、その謎を九年も熟成させてしまったのだった。

※

話を終えると、空は次第に暗くなり始めていた。雪雲とも云えない灰色が空に漂い、国分町のネオンと混ざり合いながら夜の始まりを告げている。ただ、『シェリー』付近の小さな居酒屋たちは冬特有の早い夜の訪れに戸惑っているようで、まだ燈が灯っていない。暖簾も樹々も夕闇を黒く染みつかせ、影だけの風景を描いていた。

「その後、青地さんはHさんに問い合わせたんですか？」

「気になって少し調べたよ。岩室という人に先日はお世話になったのでお礼をしたい、という名目でHに電話をした」

「どうでしたか？」

心なしか、安藤の目が好奇で光っている。外の闇を吸って『シェリー』の店内も夜へと移行し始めているのだが、安藤の瞳の奥だけは昼の明かりを持っていた。ずいぶんと長い時間、細かな点まで話したのだから安藤が興味を持つのも当たり前かもしれない、と青地

は思いながら、

「岩室という社員はいない、という返事だったよ。ついでに安住という苗字の社員もいなかったね。それっきりになってしまったな。手がかりはその偽名とあの顔、そしてこのリスカーの『ストーム』だけだよ」

青地は二杯目の『ストーム』を手の中で揺らして、水面に翳りを与えた。漣が青地の九年前の後悔のように、黒い影となって流れた。

たられば、になってしまうが、やはりあのとき、トランクの中身を確認すべきだった。岩室が危険な真似をしてきたとしても、大声で乗務員を呼べばよかった気がする。それに、視線だけは冷酷そうに光ったままだったが、岩室はだいぶ酔っぱらっていた。残忍な殺人者のように、てきぱきとした動きで青地の口を封じることができたとは思えない。

また、中身が本物だったとしても、岩室は、これはよくできたプラスチックで、とでも云って誤魔化し通しただろう。どんなに青地が追及しようが、岩室は必死で躱したはずだ。ただ、その言葉と焦った表情さえ手に入れることができれば、青地の中の疑問は消えていた。別に死体遺棄を認めるわけではないが、わざわざ警察に通報しようとも思っていなかった。

しかし、青地は何もできなかった。岩室にペースを握られたまま、電車は仙台に着き、青地はぼんやりとした疑惑を抱え、生きていくことになってしまった。あの日、電車に乗り込む前に旧友たちとちょっとした同期会を開いたが、あのときに彼らに感じた枯れた花のような虚しい終焉を青地もこの九年間、背負ってしまったのである。

謎を謎のまま燻らせて死んでいくのだろうな、と青地が思い、『ストーム』に口をつけたとき、

「差し出がましいようですが、お手伝いいたしましょうか？」

安藤が何気ない口振りでそう云った。あまりにも思いがけない言葉に、

「今、安藤さん、手伝ってくれるって云った？　もしかして、どうしてあの男があんな真似をしたのか、判ったのかい？」

「はい。青地さんがとてもご丁寧にお話ししてくださったのでよく判りました」

「それなら……是非とも教えてくれないか？」

「承知いたしました。実は既にわたしの方で用意しておりました」

綿雪のように柔らかい微笑を作って安藤が云った。その顔つきを見ると、目的地まできちんと運んでくれそうな安堵感が青地の心に滲んだ。

「岩室さんが本物の人骨を運んでいたのではないか、と疑った青地さんはとても鋭かったと存じます」

「となると、あのトランクの中身をちゃんと確認すべきだったのかな？　そうすれば人骨が見つかったかもしれないと安藤さんも思う？」

「いえ、人骨は見つからなかったと思います。何故なら、あのとき、岩室さんは死体を運んでいなかったのですから」

「え？　ということは、わたしの行動に間違いはなかったということになるじゃないか」

「はい。青地さんの取った行動は間違いなかったとわたしは思っております。ただ、青地さんがお感じになった通り、岩室さんはあのとき、危うい橋を渡っていたとわたしは考えております」

青地の頭の中で疑問符が、櫛に巻きついた髪のように絡み合っている。自分があの晩に考えたことは正しかったのに、岩室のトランクの中身は人骨ではなかったと云う安藤の意図が青地には汲み取れなかった。

「青地さんが混乱なさるのも当たり前でございます。青地さんが遭遇したことは非常に珍しいことですから」

安藤はそうフォローしたあと、

「岩室さんの行動には不可解な点がいくつもございます。どうして岩室さんは他の席が空いているのに、わざわざ青地さんの向かいに座ったのでしょうか。何故、黒いトランクに過敏になっていたのでしょうか。どういう理由でタリスカーの『ストーム』というなかなか見かけないものを飲んでいたのでしょうか。岩室さんに何も疚(やま)しいことがなければ、これらは非常に不自然な行動だとわたしは思います」

「でも、岩室はトランクに人骨を入れていなかったと、安藤さんは考えたんだよね？　どういうことなのかな？」

九年前に迷い込んだ路の出口をまだ見つけ出せないどころか、さらなる奥へと足を踏み入れてしまった気がする。

青地の狼狽を嗅ぎ取ったのか、安藤は安心させるようなやんわりとした優しい声で、

「外も九年前と同じく雪が舞ってきたようですね。謎解きをしろ、と云っているみたいです」

云いながら青地は左の窓へと視線を投げた。つられて青地も外を見ると、夜の中に仄白い風が流れている。細かな砂の粒に似た雪が砂塵となり、景色に幾重もの襞となって流れているのだった。

「岩室さんが青地さんの向かいの席を選んだのは、青地さんも薄々お気づきだったかもしれませんが、証人を作るためだと存じます」

「かもしれない、とは思ったよ。でも、証人といっても……もし、わたしが岩室のトランクを強引に開けても、安藤さんの推理通りだと、そこには何もなかった、という証言しかできないけれどもね」

「岩室さんは、それがほしかったのだとわたしは思いました。山形から仙台へと人骨を運んだ、と誤認させるために青地さんにタリスカーの『ストーム』を提供したのでございま

す」

店内を滑っていたジャズの音色が途切れそうになっていたのだが、それをそのまま繋ぎ直すように安藤は云った。安藤の云う通り、薄っすらとそのことには気づいていたのだ。だが、何故岩室がそんなことをしたのかが判らず、どうして、という疑問だけが九年間、漂っていたのである。

「安藤さんには岩室がわたしにそんなことをした理由が、判っているみたいだね」

「青地さんの記憶力のお陰です。細部まで憶えていらっしゃるとは、さすがですね」

青地が褒められて擽ったい気持ちになっていると、

「二つ目の、トランクを足許に置いたのも似たようなものだと推測いたしました。網棚に置けない大きなものだったとはいえ、わざわざ青地さんの視界に常に入るよう、トランクを床に置いたことに意味があったのだと存じます」

「――まるでわたしに不審に思ってほしかったように思えてくるな」

「ご推察の通りでございます。それが岩室さんの狙いでした。こう考えると、何故、岩室さんがタリスカーの『ストーム』を突然出してきて、青地さんに勧めたかもはっきりしてまいります」

「……印象づけ……かな？」

ひゅお、という仙台ならではの冬の風の鳴き声が、青地の仮定から自信を奪っている。

九年前の北風が時を経て、錆びついた剃刀となって青地を嫌らしく傷つけている気がしてならない。

　しかし、安藤は風音を物ともしない物柔らかな声で、

「その通りだと存じます。岩室さんがあんなことをしたのは、山形から仙台の間、一緒にタリスカーの『ストーム』を飲んでいたという記憶を青地さんに植えつけたかったためだと思います。青地さんは『ストーム』をご存じだったので意気投合する形になりましたが、ほとんどの方は名前も聞いたことがないと思います。その場合でも、『ストーム』についての蘊蓄を語れば印象は充分につけられます」

「けれども、トランクの中には人骨ではなく、模型が入っているだけだったって話だよね？　それならば、わざわざそんな真似をしなくてもいいんじゃないかな。目立つ必要はない」

「そうお考えになるのが普通だと思います。岩室さんが悪いことをしていなければ、山形から仙台の間でウイスキーを飲んで青地さんの記憶に刻む必要はございません。しかし、こう考えてはいかがでしょうか」

　安藤は薄氷に似た沈黙を作ったあと、真面目な声で、

「岩室さんがそこまでしたのは、人骨を運んだからだと」

「え？」

青地の口から抜けた声が零れた。こんな無防備な声は九年前の同期会でも出さなかった声である。青地の動揺に呼応して、吹き上げられた枯れ葉が窓に当たり、ぴしっ、という音を立てた。

「青地さんが驚かれるのも無理はございません。先ほどわたしが申し上げたことと正反対のことですから」

「そうだね。どういうことなのかな？」

「青地さんと乗ったとき、つまり山形から仙台に移動したときには人骨を運ばなかったということでございます。しかし、奇妙な行動はしていて、何か後ろめたいことを行ったことは確かです。ということは、答えは一つしかないとわたしは考えました。岩室さんが夕リスカーの『ストーム』を飲みすぎて酔っぱらっていたのはちょっとしたヒントになりました。わたしも仕事が終わり、店を閉めてから、たまに一杯飲むことがございますから。岩室さんも仕事の疲れと、やり遂げたほっとした気持ちで酔いつぶれたのではないでしょうか」

「ということは――」

九年前に青地の胸に打ち込まれた楔がやっと抜けかけている感触があった。それを決定づけるように、安藤は一言一言丁寧に、

「青地さんのご想像の通りだと存じます。岩室さんは昼間のうちに仙台から山形へと車で、

人骨を運び、トランクの中身を模型に入れ替え、仙山線の終電に乗ったのです」

「……昼間のうちに……？　まさかそんな大胆なことを昼から？」

乾燥している冬の空気と、雪を流離わせている風が青地からはっきりとした声を奪い、詰まったものにしていた。

「岩室さんが青地さんにあんなことをしたのは、仙台から山形へと本物の人骨を運んだ、という事実を隠すためだと存じます。恐らく、岩室さんは廃校になった学校などに本物の骨などが使われた人体模型を廃棄したと想像いたします。本来ならばきちんと管理しなければなりませんが、廃校が決定した学校の中には大して掃除をせず、備品もそのまま放置されているところがいくつかあると聞いたことがございますから。岩室さんはそれを狙い、学校関係者から処分を請け負ったのではないでしょうか。そうすれば、正式な処分にかかる費用がういて自分のものになりますから」

薄い雪化粧をして、寒々しい装いで夜に走り出している街の風景が青地の視界に自然と入っているせいもあるのだろう、安藤の言葉と相俟って、青地は寒々しい気分になっていた。

「安藤さんの話だと、どちらにせよ岩室は人骨を車で運んだことになるよね？　警察に見つかる恐れが大きいんじゃないかな？」

「お車に詳しい方からの受け売りなのですが、高速道路などには自動車ナンバー自動読取装置、通称Nシステムというものが導入されております。ですから、人骨を運んだと発覚した場合、警察の捜査を受けてしまう可能性が高いので、岩室さんは一般道を使用したのだと存じます」

「一般道にはそういう装置がなかったとしても、検問とか職務質問を受ける可能性はあるんじゃないのかな？」

青地は以前の職場の後輩が、殺人事件が起きたあとに出張先の都内で検問を受けて面倒でしたよ、という話をしていたのを思い出していた。

「ドラマや小説では警察の検問が頻繁に行われていて、そこで犯人が逃走する、というシーンがございます。しかし、先ほどのお車に詳しい方によると、凶悪事件のあとよりも、また、高速道路の出入口で飲酒についての検問が行われることの方が圧倒的に多いそうです。また、夜中の繁華街などを何度も何度も行き来している不審車ならば職務質問を受けるようですが、事件も起きていなかったようですし、岩室さんのように、昼間に、しかも一度しか通っていない場合ですと、警察の目に引っかかることはないと存じます」

「そう云われてみればそうだね。今回のようなケースよりも、飲酒運転を取り締まることの方が多いだろうね」

「むしろ、岩室さんのように危ういものを運んでいる場合に気をつけなければいけないのは、交通違反と事故だと思います。どちらかを犯せば、否応なく警察に人骨が見つかってしまいますから」

「でも、もしも、岩室がこの手の商売の常習犯で警察にマークされているとしたら、一般道を使っても足取りは摑めるんじゃないのかなあ？」

「恐らく、岩室さんもその可能性は承知していたのだと存じます。仙台と山形の行き来の場合、警察がまず考慮する道は国道二八六号線と四八号線でございます。ですから、万全を期すのならば、それ以外のルートを使ったと考えるのが妥当かと思います」

そこまで云い、たとえば、と安藤は青地には想像もつかない経路を口にした。

「仙台から思い切り北上し、敢えてKまで行きます。その後、Sまで山越えをし、南下して山形に入るとほぼ発覚することはないとその方からお聞きしました」

それを聞いた青地はびっくりした。かなり遠回りになるし、山を越えなければいけない悪路だから普通はこの道筋は選ばない。ネットが普及して出発地と目的地を入力すれば様々なコースが出てくるが、それらは所要時間や安全性を考慮したものばかりである。非効率で危険の伴う順路は表示されないし、全国の道にかなり精通していなければこのルートには気づかない。ただ、その分、記録には残らないし、警察でさえもその経路は計算に入れていない可能性が高い。

「岩室さんが仙台と山形を犯行現場に選んだのは、このルートの存在を知っていたからだと思います。他にも似たような場所があるかもしれませんが、仙台・山形間が最も犯行に適していたのだと存じます。わたしも仙台に住んでかなりの年数が経ちますが、例のお客様から伺うまではこの道筋は存じ上げませんでしたから、一種の死角ですね。仙台と山形を短期で往復する場合、通常の三倍近くかかるこの経路は選びませんから。しかも、犯罪に関わった人間ならば、誰しもが危険な時間は短くしたくなるものですし、実際にそうした方が逮捕される可能性は低くなります。ですから、もしも岩室さんに疑いを抱く警察関係者がいたとしても、この道は盲点となります。岩室さんが選択したのは、普通の犯人の思考とは逆の、時間がかかる経路だったのですから」

「それが却って岩室に味方したってことだね」

「岩室さんは事件の前に、中古車店で偽造した免許証などを見せてとても安い車を購入したのだと想像いたします。当日は午前中に仙台から件(くだん)のルートを使って、山形に向かい、廃校に本物の人骨を廃棄したのでしょう。もしも人骨が発見され、その日付近で岩室さんに似た人間を見たという証言が出てきたら容疑はかかると存じます。けれども、岩室さんは夜に山形から仙台へは行ったが……、という証言をするだけなのではないでしょうか。それを受けて警察は改札の切符なり、ＩＣカードを片っ端から調べます。すると、仙台から山形へ行った記録はないが、その逆は残っていることが判ります。しかも、青地さんという有力な証言者もいらっしゃいます。そうなると、岩室さんは容疑の外へと置かれることになります」

「だらしなく酔っぱらったのは、本当に一仕事終えて一杯やっていたのと、最後の仕上げをするためだったのか」

「ご指摘の通りだと存じます。あれには大きな仕事を遂げた祝杯と、青地さんに自分の存在を印象づける、という二つの意味があったのでございます。山形に残した車については、ほとぼりが冷めた頃に回収した可能性もありますが、誰のものか判らないようにナンバープレートを外すなどして投棄した可能性もあると存じます。十万どころか五万を切る中古車もありますから、報酬を考えれば充分に稼げます。ずっと使ったり、五百キロ以上も走らないといけない場合はそういった中古車は危ういと思いますが、使用するのはあくまでも、仙台から山形までの片道ですから」

「しかも、運転するのは安全な明るい昼間ってわけか」

「はい。先ほどお伝えしたルートは、明かりが乏しいので夜間は事故を起こす可能性が非常に高く、危険な道です。しかし、昼間ならば何の問題もなかったと存じます」

九年前の出来事が暗い鏃(やじり)となって青地の胸に刺さった。そのからくりに気づいていれば岩室を何とかできたかもしれない。だが、それはもう遠すぎる過去で、九年前の夜に葬り去られたものに過ぎなかった。

空席だらけにもかかわらず青地のいるボックス席に座った点、トランクの不自然な置き方、『ストーム』を大量に飲んでの泥酔——それらには総て意味があったのだ。それらを繋ぎ合わせれば、岩室と名乗った男の狙いを暴くことができた。だが、青地は岩室が作り出した嵐の中で真実を見失ってしまっていた。トランクの中に人骨があるという固定観念が青地を縛り、次々に岩室が勧めてくる『ストーム』に酔わされ、思考がきちんと機能していなかった。

それでも、安藤の推理には証拠がない。安藤が織りあげた仮説が真実だと思いながらも、過ちを記憶の死角に追いやろうとしている自分がいた。安藤のことを信頼しているが、八十近くの年齢と妙なプライドが自分の間違いを認めようとしていなかった。

だが、安藤は青地のその疑念を読んだように、

「証拠と云うには弱いかもしれませんが、こんな記事を見つけました。八年半前、青地さんが岩室さんと仙山線で遭遇した少しあとのことですが、廃校になった山形県S市の小学校の理科室から、本物の人間の骨が見つかっております。これです」

すっ、と安藤がスマホを出して、地方新聞の記事を出して青地に見せた。確かにそこには、廃校になった小学校から本物の人骨が見つかる、という見出しが躍っている。

「廃校になったとはいえ、そのまま人骨を放置するわけにはいかないので行政は頭を悩ませている、で記事は終わっております」

「ということは、やっぱり、仙台のどこかの学校が処理に困って、まっとうな業者だと思って岩室に人骨の処分を頼んだのか。まさか廃校に捨てるだけとは思わなかっただろう

「……」

「そう考えるのが自然かと存じます。とある医学関係者の方から、酔っぱらったときに『安藤さんは証拠の残らない死体の処理の仕方は知ってる？』と問われたことがございました。その方によると、業者と結託してアスファルト合材に死体を混ぜて、骨やＤＮＡも総て三千度の熱で溶かして、道に敷き詰める。それが一番安全な方法だと教えて頂きました。もちろん、わたしはそんなことをする予定はございませんが」

安藤の声が明るくなり、緊張感が少し薄れた。青地もやっと肘をカウンターについて、安藤の声に耳を傾ける余裕ができた。

「今、わたしが申し上げた例は極端なものでございます。学校関係者がそんな危うい伝手を持っているとは思えませんし、あったとしても問題になります。そんな死体処理を生業にしている方々は教育現場とは正反対の方々でしょう。もしもそういう方々と接触してしまったら学校関係者は強請られるのが目に見えております。ですから、Ｈの社員と名乗った岩室さんが、無縁仏としてきちんと処理するので、と三十万円くらいの金額を提示したので、安心して預けたのだと存じます」

三十万が安いか高いかは青地には判らなかった。だが、三十枚の万札で自分の証言が売買され、一時間ちょっとの時間が取引され、その後の九年間が縛られたと思うと腹が立ってきた。『ストーム』を愛する自分をそんな商売の道具にした、皮肉めいた運命にも苛立った。青地からすれば若輩の、岩室と名乗った男に騙された自分の年齢にも怒りを覚えた。だが、何よりも許せなかったのは、心から愛するタリスカーの『ストーム』を犯罪の犠牲にしてしまった自分だった。

冬の仙台ならではの強い風が轟音を立てて外を吹き抜けていく。『シェリー』の窓ガラスよりも厚い風の壁は青地の後悔をそのまま閉じ込めた。今更、青地が何をしようと岩室の足取りは摑めないだろうし、この屈辱は消せないだろう。

もう一杯タリスカーの『ストーム』を注文してやけ酒にしようかと思ったが、暖炉のように温かい安藤の声が風の音をすり抜けて青地の耳に届いた。

「岩室さんのしたことは許されるものではございません。青地さんを利用したことも酷いことだと思います。しかし、どうかこのタリスカーを嫌いにならないであげてくださいませ。激情的なウイスキーですが、時間をかけてゆっくりとお飲みくださると、芯に優しさがあるのがお判り頂けると思います」

青地の手許のグラスにはちょうど一口くらい残っている。話に夢中になって飲む手を休めていたのだった。

安藤に促されるように、ゆっくりと口の中でウイスキーを撫で回すようにして味わった。時間が経過して海風に似た潮っぽい香りが高まっている。一方で、ぴりっとした旨味の後ろに控えていた甘さが安藤の云う通り、優しく舌に馴染んだ。

「先刻とは感じが違うね。安藤さんの云うようにほんのりとした甘味がいい」

「気に入って頂けたようでよかったです」

もう一杯、タリスカーの『ストーム』をハーフサイズで注文し、今度は最初から少し加水しながら、窓に打ちつけている強風とは正反対の遅さで飲んだ。タリスカーの故郷のスカイ島は風が強く、寒さも厳しいと聞いたことがある。そんな中で育まれたウイスキーだからこそ、強靭さを備えているんだな、と今まで青地は思っていたが、一年のどこかでは必ず優しく甘い空気が包む日があるはずである。ウイスキーは造られ、熟成された場所によって味が変化する飲み物だ。ならば、このウイスキーにも奥底にそんな性格が隠れていてもおかしくはない。そして、毛布のように飲み手を包むときがある。今の青地がまさにそうだった。

新たに発見した喜びを安藤に話しながらグラスを傾けているうちにすっかり夜になった。九年前から心の奥の方で吹き荒れていた嵐がやっと収まったと思った。

最後の一滴を飲み終え、会計を済ませると、安藤がカウンターから出てきて鉄扉を開けてくれた。

「どうぞお気をつけて。またのお越しをお待ちしております」

安藤の丁寧な声に、また来るよ、と答えてから階段を下りた。

来店したときとは違い、夜は『シェリー』付近の居酒屋の燈を、雪の薄物のように纏ったアスファルトの上にはっきりと漂わせている。国分町のネオンも瞬き始めているが、雪の流れは近代的な部分を消し去り、小さな路地の燈を掬い上げて昔の面影だけを選んで浮かび上がらせていた。

息を整えた青地は、九年前に会った旧友たちの顔を思い出していた。気軽に会えるような面々ではないが、まだ全員息災だと年賀状には書いてあった。九年前はもう集まりたくないと思っていたが、今は逆だった。今回の話をあいつらに聞かせたらどんな顔をするだろうと想像すると心が躍ったし、少なくとも会話に枯れた花を咲かせることにはならないだろうと思うと、ふっと微笑が漏れた。

旧友たちと会うのならば妻の許可を得なければならない。まずはつまらない喧嘩をした妻に謝ることからだな、と思い、青地は定禅寺通のタクシー乗り場へと足を向けた。仙台独特の冬の冷たい風は相変わらず吹いている。だが、ウイスキーや安藤からもらった温もりが体と心の芯に染み込んでいるお陰で、強風でさえも清冽で心地よいものに感じられた。

この作品はフィクションであり、実在の人物・
団体・事件とはいっさい関係ありません。

光文社文庫

文庫書下ろし

なぜ、そのウイスキーが謎(なぞ)を招(まね)いたのか

著者　三沢(みさわ)陽一(よういち)

2023年2月20日　初版1刷発行

発行者　三宅貴久
印刷　萩原印刷
製本　ナショナル製本

発行所　株式会社 光文社
〒112-8011　東京都文京区音羽1-16-6
電話（03）5395-8149　編集部
8116　書籍販売部
8125　業務部

ISBN978-4-334-79495-8　Printed in Japan

組版　萩原印刷

光文社文庫最新刊

KOBUNSHA